你来了，就很好

连三月　著

作家出版社
全国百佳出版社

序

三月是我认识很多年的朋友，当年相识也是因为她给《庆余年》写书评，那时候《庆余年》还没有连载完呢，一眨眼的确很多年了。我们之间最多的相处模式就是她看我写书，催我写书，称赞我书写得好，偶尔我也会说起来，她这些年停笔了很久，该再写写东西了，没想到她居然真的写了，而且女主角是一个被别人催着写书的可怜角色，十分有代入感，那么，现在我的称赞必须登场了。这让我产生极强的亲切感和幸福感。

最开始的时候我问过这个故事的看点是什么，她说是通过两条时间线的交错，讲述同一群人的命运。我倒吸一口冷气，毕竟《大道朝天》完本以来这么久，我也构思过一些有的没的想法，其中一个便是这样的故事。她大笑拍手，说我们果然都是英雄。待她把这个故事给我看完后，我才发现她说的时间线就真的是时间线，根本不是我想象中的，以及准备写的在两条时间线之间来回穿梭的玄幻品类——好吧，直男与直女本就有各自的频道，中间隔着十万八千里。

这个故事里的年轻人格外可爱，兮兮与小夏、小何、薛一笙以及等等等等，还有那些不太可爱的长辈，他们在不同的时刻和地方出现，像是永远无法猜测的命运的音符，奏出奇妙的声音。每一个章节里，写着时空的回应，放松下来，随着情节的流淌去感受时间的本质。这让我想起很多年前在网上看到过的那句话——且把时光炖了。至于炖成一锅鸡汤还是一锅酥油茶并不重要，那些所谓命运磋磨之下的基调是暖的就好。任何故事都可以说是回忆的某种变形的发散状的投影，时间线便是想象与现实的映照以及界线，真正能打动人的还是时间线的收敛，我称之为死亡。书中有分离，也有死亡，或者被分离、死亡的考验，感情显得饱满且浓烈，跌宕起伏的过程里有着无尽的享受。但真实的生活里，能够不经历这种考验才是真的幸福。

结尾处，冒着雨冲进来的那个人并不重要，我认为的那个人与三月写的具体的某一个“人”并不同，就像我们所说的时间线的意思完全不同——但他来了，就代表着幸福来了，经历了所有跌宕起伏后的那种幸福。

最后，感谢您拿起这本书，翻开这个故事，看看她写下的这些关于体验幸福的文字。

猫　腻

2021年3月于湖北

1

2018年，尽管这年意大利无缘这一届的世界杯，但是伪球迷章兮兮还是来到了意大利，希望能在都灵波河旁的咖啡馆，与当地人看一场意大利参与的比赛，毕竟意大利足球队的帅哥和衣品有口皆碑，直到当她在米兰前往都灵的火车上，与对面的人无意中交流才得知：啊，原来意大利没有出线啊。

就在章兮兮因无能而愤怒的时候，她收到了衣食父母——出版商何昭的微信留言，大意是："你从一个扑街作者走到了今天，成了一个介于畅销和滞销中间地带的作者，多亏我对你的栽培和引导，虽然出版环境日薄西山，但是我们联手，还是可以迎来事业春天的。因此，我打算豁出老底、劳民伤财给你开一场新书签售会，所以你赶紧把稿子写完交给我。"

一听见"春天"两个字，章兮兮就来火。何昭这个人，自打认识章兮兮的那天起，他就张口闭口的春天，所谓的春天不过是事业巅峰的代称。可惜天不遂人愿，他跟章兮兮的这个组合，从未迎来过巅峰。因此他们互相责怪了很多年，在甩锅的战场上，他俩不分伯仲。此刻离他小半个地球的距离，章兮兮立刻做了个英明的决定——拉黑了何昭。

章兮兮来意大利旅行算是临时起意，她的书快写完了，一直卡在最终的结尾处不知道如何是好，作者最怕的是书里的人物自己不动了，作者拼命让他们动，那样只会让读者看起来尴尬。就在她数绵羊数水饺都无法入睡的时候，突然得知了一条故人的消息，那晚她从床上坐起来，薅着自己的头发，光着脚丫子，在卧室里来来回回走了好一会，最终做了个非常冲动的决定：去意大利！为了给冲动蒙上一层遮羞布，她给去意大利找了个理由——看世界杯，尽管落地了，她才发现意大利在这一届的世界杯并没有出线……这些年来，她去过不少国家旅行，而意大利一直是想碰不敢碰的地方，从前为了避开这个地方，她连转机都不愿意经过。冲动一回也好，可以把复杂的情愫一下子抛开，她的人生拼图里，总空着那一块也不是个事儿。

此时此刻，章兮兮走在都灵波河的岸边，享受着午后的阳光，河岸两旁的咖啡馆放着世界杯实况的比赛，顾客们伴随着比赛的实况交谈或欢呼。她转身看见波河的粼粼光影，想起自己的家乡，那个一年四季各有各的美的邮城，也曾因为运河的发达在世界上展现过最辉煌的时刻，也因为水路交通的衰弱，沉淀出了繁华消退后的美。和此刻的都灵一样，因为波河的起落，穿过热闹的岁月，最终归于平静。

章兮兮举起手机，拍了两张风景，正巧当地学生们放学，领头的几个男生打闹而过，其中一个不小心打翻了她的手机，对方抱歉地为她捡起来，说了句sorry就欢乐地继续追逐同学去了。章兮兮看见他，想起了自己的学生时代。在那个一去不复返的时光里，那个定义了她青春时光的人——夏漱石，正因为这个人，她才来到这里。夏漱石在这里念过书，在这里生活过，也正是这里，让他们的思念疯长过。她记得他翻着足球杂志向她介绍尤文图斯有多么厉害的样子，尽管那个时候，她对他聊的话题一点儿也不感兴趣，可是那个男孩子曾经说——以后我们一起去都灵，去波河边上晒太阳好吗，就像这样！随后，他牵起她的手，让午后的风穿过他们肩膀，将衣服吹得鼓鼓的。

他松开她的手，到如今已经有十年了。直到今天，她才在借着又听见他的消息契机后，鼓起了这份勇气，借着这一次与意大利的相逢，做一场告别。

中国足球历史上第一次杀入世界杯的那一年，他们正在上英语课，复盘之前的小测试。章兮兮因为congratulations实在拼不出来被叫到了黑板旁罚写，她一脸不乐意地刚拿起粉笔写到一半又忘记怎么拼了，英文老师一脸恨铁不成钢地表示，“你上了大学随便怎么玩，没人管你，现在你这样算怎么回事”？章兮兮担心地点点头，用手掌赶紧擦掉，补上两个字母，发现不对，又擦掉，谁知夏漱石啪的一声拍了桌子，立刻吸引了全班的注意，他拍完桌子才发现自己拍了桌子，脸上的慌乱一闪而过，赶紧故作镇定，可英语老师并不买账，立刻指着夏漱石道：“你干什么？桌子拍给谁看？我批评章兮兮批评错了吗？”教室里的气氛一下子活跃了起来，中学时代，但凡男女之间眉来眼去就会被大家乐此不疲地谈论，夏漱石拍桌子的“英雄救美”方式，让大家在沉闷的单词听写中得到了更大的乐趣。章兮兮站在黑板旁边憋红了脸，不知道他又要作什么妖。凭她对夏漱石的了解，对方才不会为她做什么呢。毕竟这个人黑历史实在太多，揪自己的马尾辫，拔自己自行车的气门芯，甚至还有一回将玩具蛇放在了章兮兮的书包里，惹得章兮兮哇哇大哭，他不仅在一旁哈哈大笑，还呼朋唤友让大家一起看。

学得轻松考得出色的夏漱石一直是老师们的宠儿，偶尔被批评，也是老师们“恨铁不成钢”的师生亲切互动而已。被点了名的他愣了愣，站了起来，指着章兮兮道：“你怎么连congratulations都不会拼？你是猪吗？你就回答我是不是?!”顺便佯装恨铁不成钢地点了点桌子，以表示自己其实是生章兮兮的气才拍的桌子。

章兮兮被老师批评被同学起哄已经够尴尬和委屈的了，听见夏漱石这么说话，火气直冲脑门，她彻底转过身子，将粉笔丢向夏漱石，开口骂道：“你凭什么骂我是猪？我看你才是猪，你有本事再骂一遍?!”

夏漱石对她提出的要求惊呆了，像看智障一样地看她，忍住笑意道：“这有什么难的，你是猪你是猪你是猪！我可以说很多遍。”大家哄堂大笑，有些学生甚至拍桌子来响应这段小插曲。

三分钟后，午后的阳光，洒在红砖拱门内的走廊上，也洒在了章兮兮和夏漱石并肩罚站的校服上，章兮兮气呼呼地擦了擦眼泪，眼睛的余光看见夏漱石还维持着托腮摸耳的姿势，而他深色的衬衫袖口很有问题，章兮兮毫不客气地一把扯下他的左手，发现手心里头是随身听的耳机，章兮兮兴奋极了，可算是要大仇得报了，夏漱石刚刚拍桌子，肯定是听了广播里的内容产生的反应，而不是因为自己单词默写不出来。她仿佛抓住了不得了的信息，兴奋又得意地张大嘴正要报告老师，夏漱石眼疾手快上前一把捂住了章兮兮的嘴，两人距离近得连睫毛都要打架。她被这突如其来的举动吓得僵住了，眼睛瞪得大大的，眨都不敢眨一下。在这一瞬间夏漱石也有些走神，但是很快，他非常懊恼地松开了捂住章兮兮的手，面露绝望倚靠在墙壁上。章兮兮不知所措地看了看身旁的他，又看了看自己，不知道发生了什么，早就将告老师的想法抛诸脑后，反而担心地问了一句：“你没事吧?”

夏漱石穿着校服，头发很短，睫毛很长，鼻子高挺，一脸忧伤的样子，与片刻前判若两人，他撇头看了看章兮兮，又抬头看了看走廊外的天空，满目忧伤，语气皆是无力的温柔：“你知道吗？哥斯达黎加进了一球。”

章兮兮愣了愣，随即上前就是一脚，骂道“神经病”。夏漱石灵活躲避，笑道“那也比你这头猪好”，顺便做了个鬼脸。章兮兮顿时气得上头，忘乎所以地与他打了起来，完全没有注意到教室内，隔着窗户看着此情此景，一脸愤怒和绝望的英文老师。

两人罚站的事情成了蝴蝶的翅膀，煽动了整个班级的纪律整顿。班主任对同学上课瞎胡闹的事情非常生气，更让他生气的是，章兮兮、薛一笙和陆展信的作业错得一模一样。而这三个人，平常上课的状态是：章兮兮在数学课上与假人无异，作为章兮兮的死党薛一笙每天沉醉于《福尔摩斯探案集》，陆展信虽然为了练小提琴很少上课，但是成绩一直还不错。因此，毫无疑问，章兮兮和薛一笙抄了陆展信的作业。班主任结合英语老师描述的风波，决定发动群众斗群众，临时开了一节班会课让全班同学无记名投票，揭发谁抄的作业，并且不允许弃权。

章兮兮在写名字的时候，是彷徨的，她不想伤及无辜，学数学都不容易不是吗？为什么要揭发人呢？又不能不写名字。她想了想，写上了自己的名字。后桌的薛一笙踢了踢章兮兮的椅子腿，这是她俩的暗号，她往后靠了靠，偷偷将自己写好的票给薛一笙看了看，薛一笙说了一句“懂了”。

她俩的小动作被讲台上的班主任尽收眼底，气不打一处来，索性叫章兮兮上来负责唱票，薛一笙去黑板旁计票。章兮兮心里头想自己就是一票也没有什么大不了，字正腔圆地唱票，越唱越不对劲，因为有十张连续的票都写了章兮兮，眼看着黑板上章兮兮的名字下面已经两个正字了，章兮兮慌了，薛一笙也慌了，回头担心地看了看章兮兮，而夏漱石在底下一脸得意，双手交叉放在脑后，专注地看着薛一笙计票。随着章兮兮又报了一个自己的名字，声音还带着颤抖，薛一笙索性丢下粉笔，一把夺过纸条看了看，然后冲章兮兮笃定地点点头，随即说道：“报告老师，这些笔迹都是一个人的，说明有人陷害她！”

章兮兮欣喜无比，迅速对比了一下果然如此，恨不得抱着薛一笙痛哭，一边又感慨薛一笙的福尔摩斯没白看，立刻附和道：“没错，老师，那个、那个，有人害我。”

班主任也惊呆了，他万万没想到这两人竟然无视自己，堂而皇之地在讲台上搞起了推理，还很兴奋地互相拥抱庆祝真相大白。

夏漱石调整了坐姿，假装淡定地摊开书看了起来，但是忍不住偷偷看看讲台上的情况，与正在追寻“真凶”的章兮兮视线好死不死地对上了。

夏漱石的同桌陆展信，用胳膊肘捅了捅夏漱石，努努嘴道：“她这眼神是在找你啊，你一个人写了她多少票啊？”

夏漱石咳嗽了两声：“我这是为她好，这样才能长记性，勿以恶小而为之。”停了停又道，“嗨，也没几票，就二十来票。”

邻桌的居南川一听，觉得甚有道理，侧过身来：“就是，是得长点记性。你看我宁愿不写作业也不抄人家的，她们这样就是不诚实。”说着只听见哗嚓一声，他撕下笔记本上的一页纸，道，“老师总训我，问我家里有钱有什么用，毕竟学习成绩不好将来会很惨，可是我真不想写作业”。居南川撕了作业本以表不满，他戴着一副眼镜，看似十分用功，嗯，仅仅是看似。

班主任急了，这帮孩子不治是不行了——刚刚但凡说话的人，罚扫教室一个月。

章兮兮将走廊的落叶刚刚堆满，夏漱石“一不小心”就踢翻了，要不是薛一笙拦着，章兮兮又要冲上去和他打架，在夏漱石面前，章兮兮总是会失去理智。

以夏漱石为首的三个男生陆续扫完了教室嚷嚷着要去河堤，章兮兮和薛一笙还在苦哈哈地扫着走廊，太阳已经快要落山。

章兮兮对薛一笙遗憾地说道：“唉，本来觉得周末补课可以放学早，还能去河堤玩会儿呢，现在好了，看不成夕阳了。”

邮城百姓的基因里，有着谜一样的对看运河边上夕阳的重视和向往，无论多大年纪，只要那个时间段没什么要紧的事儿，大家总会去河堤边上待一会儿，看一会子太阳的谢幕。

薛一笙将笤帚放到一边，四处张望，想要追究始作俑者的责任，埋怨道：“都怪夏漱石。”

章兮兮手中的笤帚突然被人一下夺走，随即臂弯里被塞了自己的书包，抬头一看，正是夏漱石，她一把抓住夏漱石的手臂，有些开心地跳了跳，对不远处的薛一笙挥手："我抓住他啦，他在这。"说着打了夏漱石两拳。

夏漱石没有还手，无奈地看了看章兮兮，轻轻一晃就挣开了被她抓住的手臂，道："反正要打扫一个月呢，今天打扫不好，还有一个月可以弥补，走吧。"他反手抓住章兮兮的手肘往外走，章兮兮起初要挣脱，想了想又觉得非常有道理，将夏漱石对她说的话，转头就重复了一遍给薛一笙，薛一笙顿了顿，也觉得很有道理，丢下笤帚就跟上，跑了两步，又匆忙折回去，着急道："怎么不帮我拿书包啊?!"薛一笙回到教室拿起书包，看见了陆展信的小提琴，也顺带帮他把琴盒背上，刚出教室门口，遇上倒垃圾回来的陆展信。陆展信见状怒道："哎哎，你拿我的琴干什么?"于是薛一笙又将章兮兮跟自己说的话，重复了一遍，陆展信一拍脑门，感慨道："思路清晰。"唯一一个被分配打扫办公室的居南川回到教室，一个同学也没见着，一扭头看见已经变红的太阳，得意地笑了："看我追上你们!"

果然，等到居南川赶上他们的时候，已经快到河堤了，夏漱石载着章兮兮正骑着上坡路，速度明显减慢，眼看着被薛一笙和陆展信逐一超过，章兮兮忍不住道："你快点呀，夏漱石你体育不是挺好的吗？怎么骑得这么慢，是不是饿了没力气啊?"

夏漱石站起来踩，额头已经出汗，从牙缝里挤出几句台词道："大姐，你车在路上坏了，你不感谢我载你，竟然讽刺我?"夏漱石说着好不容易踩到了坡上，松了一口气，扭头对章兮兮道，"你坐稳了"。章兮兮刚要问干吗，只见夏漱石松开了双臂，任由单车滑了下去。

傍晚的风灌满了他的衬衫，不停地蹭在章兮兮的鼻尖上，有清清的肥皂的香气，章兮兮的脸有点发烫，鼓起勇气抬头看他的背影，只见一层光圈笼罩着他，她笑着抬起自己的手去靠近光圈，光圈也落在了她的指尖上，她学着他的样子，将双臂打开，让自己的双臂和夏漱石一起沐浴在灿烂的夕阳里。她突然笑了起来，大声对夏漱石说道：“今天的事情，就算啦！”很快就一路滑到了河堤旁，章兮兮从车后座下来，还没有从刚刚的悸动里缓过神来，只觉得头皮一紧，原来是自己的马尾被夏漱石狠狠拽了一下。

“你刚刚说什么？”夏漱石一脸笑意，自然而然地将手搁在了章兮兮的肩膀上，不等章兮兮反应过来，顺势又拽了一下她的辫子，得意地溜走。

章兮兮追上他道：“我跟你不共戴天！”

话音刚落，居南川追了上来道：“哈哈，看我聪不聪明，你们不说，我都知道你们在这。”夏漱石和章兮兮面面相觑，心里都很虚，因为其实是忘记叫他。

薛一笙背着书包抱着《福尔摩斯探案集》，和握着小提琴的陆展信前后走在河堤上，夕阳下他们的剪影对着章兮兮的方向挥手大喊：“快点，太阳要下山了！”

河堤下的三人快速跑了起来，章兮兮很快就被居南川超过，随即夏漱石也超过她，顺便又拽了一下她的马尾道：“你太瘦了，所以跑得慢，太废了！”顿了顿，又说道，“别拖后腿”。章兮兮刚要反驳，手却被夏漱石一把抓住，往河堤上跑去，她看着他的侧脸，阳光的、骄傲的、意气风发的，他侧脸对她笑了笑，道：“笨蛋！”她顿时又生气了，把手抽了回去，夏漱石才意识到自己一直在牵着她的手，故作镇定地挠了挠后脑勺，指着不远处道：“太阳要下山了。”

众人坐在了河堤上，看着太阳呈现出数种红，真真是没啥意义却又好看极了，就像那时候的日子。扫到一半的教室，写到一半的作业，跑到一半的路程，哼到一半的歌曲，看到一半的球赛，以及尚未明确的情愫……大家似乎从来不会为剩下来的那一半着急，因为有的是一大把一大把的光阴，所以即使看河边的夕阳，也不会因为它是落日而伤感。

那时候踩在时光上的旋律，叫作青春一场，以为永远不会散场，而且来日会很长。

2

都灵的圣卡罗广场，四周都围绕着巴洛克时期的建筑群。章兮兮随意找了一家餐厅坐下，点餐时侍者与她寒暄，问她是哪里人，来到这里多久了，逛了哪些地方之类的，顺带互吹了一下对彼此国家的好感，点完餐，对方又补充了一句道："既然这么喜欢都灵，怎么才来呢？都灵可是在这里等了你很久，好好享受吧。"

意大利男人会说情话可真真是名不虚传，章兮兮为这句寒暄收尾沉默了一会儿，一抬头，看见了天空蓝成大海色，倒是很特别。这座城市收藏着耶稣的裹尸布，孕育了卡尔维诺，也见证了尼采的发疯……但是对于章兮兮来说，这里仅仅是夏漱石最喜欢的城市，有他爱的球队俱乐部，有他曾经待过的都灵理工大学，有他带给她的埃及博物馆里一只小猫挂件，她至今仍旧挂在包包上，好像可以骗自己与他不曾分别。

如今，她一个人走过他曾经独自待过的地方，来庆祝自己的三十岁生日，她端起酒杯，虚空地晃了晃，仰头喝完，她差一点就会来这里与他一起生活，就差一点。帅气的侍者上前又给她续酒，问她今天是不是特别的日子？章兮兮想了想，突然心酸地笑了笑，对那侍者举了举酒杯道："是的，今天是一个特殊的日子。"

"让我猜一猜，小姐，是您的生日吗？"

章兮兮笑了，又喝光了这杯，仿佛鼓足了勇气，道："我的初恋，他今天结婚。”

侍者愣了愣，旋即为她又续上道：“小姐，比起美酒，男人不算什么的。”顿了顿，补充道，“欢迎来到都灵，这瓶酒，我代表都灵所有的男士，送给您”。

章兮兮笑着说谢谢，然后看了看剔透的高脚杯内的酒，月光下呈现出好几层的色彩。她想爱情从来都只有先选择，才会有结果，特别公平，公平到世人都无能为力。就像从小到大经历过的无数次考试，铃响交卷，无法撤回。

高中的时候，章兮兮、薛一笙和居南川三人各自凭实力落榜重点班，陆展信则是凭运气在重点班吊车尾，只有夏漱石让章兮兮和薛一笙搞不懂他到底是运气和实力哪个比重更大，怎么夏漱石的成绩到了重点班排名还能在前三？他明明平常不学习的。不过自从分了班后，章兮兮大大地松了一口气，因为不用担心有人嘲笑自己理科不及格，也不用担心自己抄作业被告老师，更不用担心有人拽自己马尾辫，或者放了蜻蜓、飞蛾、毛毛虫等小动物到书包里吓唬自己了。不过体育课是他们两个班一起上，好在体育课上男女生的活动总是分开的，也算是逃过一劫。高中时候，大家有了明显的性别概念，男女生也刻意不在一块，生怕被人起哄。

体育课户外活动的时候，因为薛一笙讨厌晒太阳，所以总拉着章兮兮躲在操场的阴凉处，她看江户川乱步，章兮兮看亦舒，体育老师也懒得管，毕竟体育课的主要目的是晒太阳。这一天体育课，夏漱石的球又踢中了章兮兮，章兮兮愤怒之余，更加坚定地认为，夏漱石是自己倒了八辈子霉才遇到的仇人。她认为夏漱石俨然是校园恶势力的代表，并且不可饶恕，今天可以用球砸人，那以后迟早成为杀人犯。薛一笙推了推眼镜，认为章兮兮说得很有道理，剖析了一下夏漱石的性格，并上升了章兮兮的推论——夏漱石这家伙就是那种暴力杀人犯，而且是低质量的拙劣的犯罪，章兮兮觉得薛一笙说得太到位了。

原本夏漱石有些歉意，跑到章兮兮旁边要道歉，听见这俩人的对话，也来了气，怒道："我怎么就是低质量拙劣的犯罪了？我告诉你们，我要是犯罪，肯定是高智商的犯罪。"

"我看你就是……"章兮兮还没有说完，被薛一笙一把拉到自己身后，上前撑道，"我看你是在质疑我的推理能力"。

章兮兮激动地挥着可乐补充道："我可告诉你，薛一笙已经开始看日本推理小说了，你这个连福尔摩斯都不熟悉的人，有什么资格来质疑人家……"章兮兮话没有说完，手中的可乐就被夏漱石抢走喝了，章兮兮又多了一个生气的地方，道，"我这一口还没有喝呢"！夏漱石听后，喝得更夸张了，还冲章兮兮嚣张地耸了耸肩膀。章兮兮刚要上前夺过来，一瓶汽水横在了他们的面前。

夏漱石的同班同学林晓森，笑着问夏漱石："听说你们还是初中同学，是不是特别好的朋友？"

夏漱石一口可乐喷在了章兮兮的校服上，章兮兮一看夏漱石这个反应，就知道他又要损自己，急得跺脚，连连摇头："他他他就是个犯罪分子！还是神经病。我跟他才不熟，一点都不认识！"眼睛的余光看见了自己的校服被喷了星星点点的可乐，埋怨道，"哎呀我这校服周末刚刚洗的"。

运动过后的夏漱石满头大汗，故作不屑地哼了一声，卷起球衣的下摆擦了擦嘴角，挑衅道："跟我不熟你怎么知道我是神经病？你脑子呢？"

章兮兮上前就是一脚踢了过去，这次夏漱石没来得及躲，正中小腿，吃痛的表情让章兮兮心里爽了不少，随即又撂下一句狠话："没脑子我也知道你是神经病。"

夏漱石强忍着痛，回撑道："那你就承认自己没脑子了是不是？章兮兮，你也太实在了，这都敢承认啊？”

章兮兮与夏漱石一来一往，把话题挑起者的林晓森晾在了一边，颇为尴尬。一向找不到重点的居南川突然灵光一现，忍不住问林晓森道：“你干吗问这个？”

正处于青春懵懂的年纪，大家对情愫的认知也是似懂非懂，尽管如此，在起哄同龄人的小暧昧上，大家都不遗余力。居南川的这个问题，顿时让围观人群议论开了。

“他们初中就关系特别好吧？是不是青梅竹马啊？”

“他们虽然经常打架，但是是不是打是亲骂是爱的那种啊？”

“……”

这些议论让浑不论的夏漱石都面红耳赤，更别说章兮兮，脸早就红到了耳朵根，正在手足无措之际，林晓森上前挡在了两人中间，将芬达递给了章兮兮道：“何必为喝饮料打架，都是同学，喏，兮兮，这个给你。”

众人的议论突然停止了，夏漱石突然清醒了过来，有点不可思议地看向了林晓森，道：“兮兮？兮兮！”

章兮兮看着他递过来的芬达沉默了，薛一笙合上侦探小说，接过芬达，道：“她喜欢喝奶茶，不喜欢喝芬达，我来喝吧。”

林晓森温柔地点头：“那下次我多买一瓶。”

薛一笙点头道：“讲究。”说罢拉着章兮兮往教学楼走去。

居南川这回又有点摸不着头绪，看了看她们，又看了看林晓森：“这俩人是我们初中同学，是俩神经病，你给她们买饮料？”

看着薛一笙和章兮兮远去的背影，林晓森笑着道：“没关系，小神经病也挺可爱的。”

夏漱石一个晃神没站稳，心里觉得这林晓森原来也是个神经病，一抬眼又看见林晓森含笑看着章兮兮的背影，心里又不爽——他凭什么冲着章兮兮笑?！笑、笑、笑，有什么好笑的?！

第二天上晚自习之前，薛一笙和章兮兮在食堂吃饭，又碰上了这个林晓森。这段时间里，章兮兮和薛一笙沉浸在《灌篮高手》的世界里，她想起自己总被夏漱石拽马尾，询问薛一笙要不要索性剪了头发，只到锁骨处，这样就和赤木晴子是一个发型了，而且还避免了被夏漱石拽辫子的风险。薛一笙沉浸在选哪个人物做自己的男朋友的难题中，非常自然地将话题转移到了其中，章兮兮也自然而然地偏离了话题浑然不觉，声称藤真健司是自己的男朋友，薛一笙则认为三井寿大有可为，两人一边吃饭一边看食堂播放的动画片，互相肯定以及吹捧对方的男朋友。

但是今天与往常不同，出了个粉红的小意外，林晓森在章兮兮的桌子上轻轻放了一杯奶茶。章兮兮看着奶茶猜测是什么口味的，而薛一笙立刻扫描了一眼这个走远的男生，抓住章兮兮的手腕，阻止道："有人要害你。"章兮兮戳进吸管，刚要喝，赶紧停止，眨了眨眼睛觉得薛一笙说得对，感慨还好没喝，说不定这里头的珍珠奶茶是芥末做的，这种事儿从前夏漱石不是没做过。这一刻，章兮兮认定薛一笙是她的救命恩人，根本没有在意送奶茶的人。

但是一连三天，这个男生都会默默地给章兮兮放一杯奶茶，不过有了薛一笙的提醒，章兮兮从来不喝。第四天的时候，林晓森又来了，一如既往地将一杯奶茶搁在章兮兮面前，这一次他没有立即离开，而是又拿出了一杯奶茶，放到薛一笙面前，道："芬达没有了，奶茶可以吗?"

章兮兮立刻警觉了起来，感慨薛一笙料事如神，这人绝非善茬，害自己不成，现在又要来害薛一笙了，于是迅速与薛一笙对了对眼神。薛一笙搁下吃了一半的猪肉大排，昂起头来，毫不退缩地迎上了对方的眼神。

林晓森笑道："我叫林晓森，上次操场上见过，能交个朋友吗，同学?"

不远处刚刚吃完饭的陆展信和夏漱石、居南川都看见了这一幕，更让他们吃惊的是，下一幕，薛一笙大方地伸出手和林晓森握了握，问道：“奶茶是什么口味的？”

林晓森利落地回答：“香草。”

章兮兮就眼睁睁地看着这两人握着的手在她眼前晃了晃，还听见薛一笙说了句：“好的，兄弟，我喜欢香草味。”

章兮兮想：兄弟？怎么就兄弟了？

夏漱石一行人走过来，他看了看林晓森，又看着章兮兮，没好气地问道：“你干吗呢？”

章兮兮看见夏漱石一脸不高兴，拿起桌上的珍珠奶茶，用吸管猛地一戳，没想到吸管断裂开来，这更证明了，遇到夏漱石准没好事，于是她没好气地抬头：“我喝奶茶呢！”

“可是你吸管断了，喝不了。”夏漱石直言不讳，带着点小得意。

居南川从夏漱石身后立刻窜了出来，上前将章兮兮的吸管拿起来看了看道：“嘿，真的断了，都断了，还喝呢？”说罢挥着吸管晃了晃。

章兮兮对这三人没啥好脸色，索性要走。

林晓森对居南川道：“我跟夏漱石是一个班的，以后一起踢球啊？”

居南川木木地点点头，看了看夏漱石，又摇了摇头。

章兮兮走了两步，又折回去，拿起珍珠奶茶准备去找根吸管，她转身之际，就听见身后传来林晓森对居南川说话的声音——“体育课的时候，兮兮偷偷看书的样子很漂亮”。

这话让大家都安静了，空气中只剩下薛一笙拼命吸珍珠的声音。

陆展信率先打破僵局，真诚地问道：“她好看你跟我们说干吗？”

居南川附和道：“对啊对啊，你告诉我们干吗？”

林晓森不急着回答，反问夏漱石道：“你觉得呢？”

“觉得什么？”

“她看书的样子好看吗？”

这一次章兮兮也忍不住看向了夏漱石，薛一笙连奶茶都不再喝了，大家都直愣愣地看着夏漱石，章兮兮甚至能听见自己的心跳，她的心情很复杂，有时候她觉得夏漱石很讨厌自己，有时候又觉得他没有那么讨厌自己，或许在这个问题上，可以得到很好的验证，她甚至带着一丝期待看向了夏漱石。

夏漱石发现所有人看着自己，看了一眼章兮兮，没好气地道："好看个鬼！"

章兮兮的心一下子跌到了谷底，她想着原来他从来没有觉得自己好看过，虽然在这个问题之前，她从来不曾在意过，但是这一刻她心里有无法克制的失落和惆怅。

林晓森看着章兮兮，一点也不躲闪，笑道："只有我觉得好看，就太好了。"言下之意十分明显，章兮兮被这突如其来的异性的肯定吓得不轻，她此刻最担心的是两家人都很熟悉的陆展信，怕他回去说漏嘴，赶紧眼神警告了他，陆展信立刻做出了闭嘴的姿势，她才算松口气，挽着薛一笙往外走，这时候她突然发现自己的脚步有点飘。

薛一笙上前撑了她一把，道："藤真健司还是你男朋友吗？"

章兮兮只觉得心里头慌得很："我……我配吗？"

薛一笙笃定道："当然啊，夏漱石觉得你不美，可是流川枫觉得我们美啊。"

往常这样的对话，章兮兮会接一句："难道只有美吗？我们还很性感啊，三井夫人！"然而这一次，她结巴地问道："哈？美……美吗，就我们？"

夏漱石目睹这两人从自己身边经过，又听见这两人无厘头的对话，要是搁在平常，他一定上前狠狠挖苦嘲笑，可是今天不知道为什么，他在回答了那个问题后，有些后悔，他想跟章兮兮有点眼神的交流，可是自打他回答完那个问题，章兮兮就没有再看他一眼。看着章兮兮和薛一笙走了出去，他迅速转身跑到了珍珠奶茶的窗口，然后在吸管的筒里抽了一根出来，追了出去。

晚风吹散了章兮兮脸上的红晕，这是她人生以来第一次被表白，尽管这之前她看过很多偶像剧和言情小说，但这一刻才知道什么是叶公好龙。她沿石阶而下，火烧云一直染到她的脚下，她的心情很复杂，虽然第一次被告白，可是夏漱石那句回答始终萦绕在她的脑海中，她的失落和惆怅，竟然冲淡了被人表白的小小虚荣心。突然间她觉得头皮一紧，辫子又被人一拽，扭头一看，果然是夏漱石。

夏漱石小跑到章兮兮的身侧，满脸傲娇地拿着吸管道："你吸管都断了，怎么喝？你脑子是真的不好，没了我你怎么办？喏，给你，喝吧喝吧，把奶茶都喝到脑子里吧。"他今天的话有点多。他走上前自顾自地将吸管插进她的奶茶杯里，一边道："那男的说你好看，难道不能给你选个你最喜欢的颜色的吸管吗？"

章兮兮看着眼前的蓝色吸管，发现夏漱石所言不差，木讷地问道："你怎么知道我喜欢蓝颜色啊？"

夏漱石听见这话又折回来，指了指太阳穴道："因为我有脑子！"说完又对着章兮兮的脑门弹了弹，"因为我喝饮料从来不喝到脑子里！"停了停，又补充道："因为我不是一个肤浅的只看外表的人！"说罢潇洒离开。

章兮兮忍不住揉了揉脑门，问薛一笙："夏漱石为什么要这样针对我？"

薛一笙看着夏漱石和居南川、陆展信勾肩搭背离开的背影，认真地思考了一下说："看来，他想害你很久了。"

醍醐灌顶。

折回去的夏漱石被居南川追问为什么要给章兮兮送吸管？

夏漱石突然停住了脚步，他转身看了看走远的章兮兮的背影，道："因为她真好看。"

到底什么是永远呢？在双方的关系里，仿佛不等到其中一方生命结束，就无法去定义永远。但是站在时间的轴上，有多少次的一瞬间会被刻骨铭心地记得，那些瞬间算不算永远呢?

章兮兮选了波河边上的一家小酒馆坐下，点了一杯spritiz，一种点缀了少许酒精的当地的饮料，章兮兮问侍者要了一根蓝色的吸管，这让她想起十几年前的那一天，披着校服的夏漱石在台阶上，一脸傲娇地递给她那根蓝色的吸管。

如果只有以死亡为标记才能定义永恒，但凡有生命的物种，都无法体会永恒的魅力。可是，如果以无法稀释的感觉来标记呢?她与他的的确确、真真切切地拥有过无数个难以忘怀的瞬间啊，这就是章兮兮的永恒啊。

章兮兮举起手中的玻璃杯，漫天的星星倒映在她的杯子里，用酒杯里的夜色斑斓，祝你新婚快乐吧，她在心里头说道。

此时此刻，作为新郎的夏漱石揭开了新婚妻子杨星辰的红盖头，婚礼主持人高喊道:“新婚快乐，早生贵子!”亲朋好友之间响起了一片祝福的掌声。

3

一周过后，章兮兮坐火车从都灵前往佛罗伦萨，鸣笛中的火车一寸一寸地将她与都灵分离。此时再留恋夏漱石，只剩下不礼貌了，她唯一能做的，是继续踏上这段告别夏漱石，也告别自己过去的旅程。

车厢对面的位置上，坐着的是在给女儿讲故事的父亲，女儿指着童书上的图案问了很多不着边际的问题，父亲满腮的胡子，却一脸宠溺地温柔答复，偶尔抬头对章兮兮露出歉意的笑容，章兮兮微笑地摇摇头表示不介意。爸爸似乎仍旧有些抱歉，将手边的一束百合花递给了章兮兮，道：“抱歉打扰到你，希望百合花能让你开心。”

章兮兮没有拒绝，她接过然后笑着道谢。比起很多内敛的鲜花，百合花的香气四处飘溢，香得放肆香得痛快，像极了文艺复兴时期的佛罗伦萨，满眼都是勃勃的生机。或许在爱中长大的孩子，对爱的渴望反而不会那么浓烈吧？她总是试图在身边的人身上找到安全感，薛一笙、夏漱石，还有她已经很久很久没有再想起来的爸爸。这一切都源于她曾经很长很长的时间里，无法从内心深处找到自己，才会格外苛求在旁人那找到自己，可谁都知道这样的方式只能解燃眉之急，无法一劳永逸。她在百合花的香气里，沉沉睡去。

那是一个再平常不过的晚上，空气中仿佛也弥漫着花香，章兮兮下了晚自习，踩着自行车到了家门外的巷子口，罕见地看见了一向不爱参与对她教育和培养的爸爸，章爸爸总是很疏离，不像是严父，倒像是个非常懂得分寸的职业经理人。该给的支持都不曾少过，但想要多一点亲近，那是从未有过的。因为生来便是如此，所以章兮兮从未觉得哪里不对劲。如今爸爸突然出现在她放学的时间段，还在等着她，她惊喜极了，乐颠颠地过去，章爸爸看见她过来，冲她笑了笑。她记得那晚路灯发着氤氲的昏黄色，还有那追光的飞蛾围着打转。

章爸爸大概说了下自己临时被派去出差，归期未定，云云，章兮兮不疑有它，只问道："爸爸，那我每个月两百块的图书钱跟谁要啊？我前几天看中了一本切利尼的传记，我打算在这个月买呢。"章爸爸想了想，从钱包里取出了一沓钱，抽出了一部分给到章兮兮，章兮兮心情大好，觉得天降巨款，塞到了书包里，一边对章爸爸说道："我花完了怎么办?"

章爸爸将行李箱推到车的后备厢处，顿了顿，道："那你省着点花。"

章兮兮架好自行车，蹦到车后备厢，一边使出吃奶的力气帮爸爸放行李，一边回道："哦，那你可别告诉我妈你给我钱了啊。"那一刻她只是被巨额零花钱冲昏头脑的人，没有发现任何异样，更别说能意识到帮助即将离开她的父亲搬行李这件事有多么荒诞。

章爸爸愣了愣，欲言又止地点点头，狠狠吸了一口烟，烟灰掉落在旅行包上，他也毫不在意，章兮兮掏出面纸给他掸了掸，章爸爸没抬头，仿佛是对着箱子说话，又说了一遍道："你省着点花，再见了啊。"他连兮兮的名字也没有叫。

章兮兮有些不耐烦道："哎呀，我知道了、知道了，你早点回来不就行了。"说着用胳膊肘捅了捅爸爸的臂膀，做了个鬼脸，她觉得难得能和爸爸如此亲昵。

章爸爸笑了笑，关上后备厢后揉了揉章兮兮的头，道："别给自己太大压力，高考是很重要，但人生里的很多事情，都很重要。"

章兮兮突然觉得哪里不对劲，可又说不上来，敷衍地点了点头，送爸爸坐上副驾驶的时候，看见司机是个和父亲年龄相仿的女子，便热情地打了招呼，主动问了声阿姨好，对方愣了愣，露出礼貌又尴尬的笑容说再见。章兮兮退了几步让了道，冲着发动后远离的汽车跳起来挥了挥手道别。她想着自己得了一笔巨款，明天可以成为书店最有钱的人，开心到飞起。

章兮兮哼着歌走在自家的居民楼里，这里的居民楼有些年头了，人挤人，好在邻里关系还不错。但隔音效果很差，常常自家人吃饭，还能听见隔壁在聊天，有时候还能串上。这天晚上，一个普通不过的夏天闷热的夜晚，章兮兮听见了妈妈哭泣的声音，她觉得有点奇怪，加快步伐冲进家门，妈妈转过来的脸上，一瞬间充满了惊喜和期待，看见是她之后，惊喜和期待转瞬而逝，随后转身擦干了眼泪。

“我在巷子口看见爸爸了，他去出差，要多久回来啊？”

“你见到他了？他是在等你吗？他是一个人吗？他跟你说什么了？”

章兮兮愣住了，她终于想起来哪里不对了。她回想父亲说的话和反常的小细节，她从前与爸爸虽然不那么亲近，但是今天却有些格外的亲近，爸爸还揉了自己的头，这是她记忆中难有的互动。可是这种亲近却带着某种怪异，但是怪异的点具体在哪，她当时并未意识到，可是现在回想，觉得无处不在。她突然想起开车的那个女人，控制不住地抖了抖，她似乎猜到了那个女人的身份。

章妈妈以为她被自己吓到，赶紧上前安抚她：“我们一直没有告诉你，但是我觉得你大概也猜到了，我不想再瞒你了，这些年，你爸爸其实对我们没有什么感情，现在他终于决定丢下我们了，今天刚办完手续，我……我现在还是很乱，不知道该怎么办，妈妈没有当好妈妈，妈妈想要用你把他留下，但是没有用了，他也不会再次因为你留下了。”

章兮兮这才彻底被吓蒙了，妈妈的解释直接将答案摆在了她面前，她连“往好处想”的机会都没有，就得面对这个赤裸裸的现实。其实她身边早就有同学家长离婚，在他们的身上并没有看出哪里特别，所以离婚在她眼里是件稀松平常的事情，但是看见妈妈的样子，尤其听见她说“没有当好妈妈”的时候，她突然很惶恐，很怕这突如其来的温柔。她生硬地拍了拍妈妈的肩膀，撒了一个谎道：“我碰见了爸爸，他让我跟你好好的，他说他会回来的，他……他是一个人走的，我没有见到别人。”

章妈妈抱着章兮兮哭了，章兮兮想她需要这个谎言，有时候谎言可以解决问题，哪怕是短暂的，虽然她知道这是个非常不聪明的解决办法，但是她想要安抚她，此时此刻，她除了撒谎，也没有别的办法了。与此同时，她还很自责，因为妈妈说她无法将爸爸留下，一定是当女儿的不争气才会这样，她想到自己成绩普通长相普通甚至连爱好都普通，愧疚感更加重了，她好像无法成为一个让父母自豪的孩子，她太普通了，普通得就像这个夜晚一样，凭什么索求爱呢？完全是个累赘。

章兮兮爸妈离婚的事情，很快就被周围人知道，陆展信也好几次小心翼翼问了章兮兮几句，章兮兮也懒得搭理他。薛一笙帮她分析问题，认为反正平常章爸爸也只出现在她考试考不好的时候，扮演的角色是和妈妈一起训她而已，如今少一个人训她，也不是什么坏事。章兮兮觉得薛一笙分析得对，将前一天夜里的失落自责深深埋进了记忆深处，然后告诉了她父亲留了一笔巨款给自己的事情，这下子就更验证薛一笙分析的，她并没有什么损失，毕竟长辈们只是夫妻散场，父母这种身份，法律才不会让他们摆脱呢。薛一笙夸赞章兮兮条理清楚有理有据，章兮兮又开心了起来。

中午时分她去了一趟书店，买下了那本切利尼的自传《致命的百合花》，定价二十三块八，店家就进了一本，还夸赞了一下章兮兮的眼光特别，其实心里很懊悔怎么就进了这本冷门书，何年何月能卖掉，还好有个爱书的狂热分子。离开书店的时候，她在门口见着夏漱石和居南川正在停自行车，夏漱石同班的两三个女生买完教辅资料出来，一拥而上与夏漱石打招呼："真题集就剩下一本了，我给你也买了。"中间的那个女生，戴着墨绿色发带，笑意盈盈地将真题集塞进了夏漱石的车篓里，居南川吹了个口哨，女生的闺蜜们也跟着起哄，这让章兮兮装不了看不见。夏漱石刚要向章兮兮走来，同班的女生又抢先一步，夸道："你的耐克鞋好帅，特别适合你。"

章兮兮的目光落在了夏漱石的耐克鞋上，那女生又道："我也买了一双篮球鞋，你下次打篮球教我呀？"章兮兮看见那女生那双很有型的篮球鞋，和校服很搭配，她低头看了看自己泛白的帆布鞋，发现左脚的鞋子边沿有点开线了，赶紧动了动，随后开了单车的锁，准备走。只听见夏漱石对那人说道："我就随便穿穿的，我平常不爱打篮球的。"夏漱石的车滑到了章兮兮面前，从她的车篓里取出她刚刚买的书，道："等会一起去食堂吃午饭啊？"

章兮兮没什么心思与他打闹，从他手里抽走刚买的书道："别弄坏了，最后一本了。"放好了书才回答他，"我作业本落家里了，我中午要回去拿，回家吃。"

夏漱石点点头，还要说什么，发现章兮兮已经骑远了，只好作罢。

章兮兮中午回到家，她听见妈妈正在和姨妈打电话，大概内容是要借八百块钱，其中两百块钱是要留给章兮兮买书用的，大意是从前章爸爸都会给章兮兮买书，这会儿她得承担这个费用云云。

以前因为买书的事情，爸妈没少吵架，章妈妈认为她不应该看课外书，要把精力都用在学习上，尤其是数学上，毕竟考上了好大学随便她怎么看，章爸爸却认为反正也得放松休息，看看课外书挺好的。夫妻俩为这事儿吵过好几次，也上升到对对方的价值观的否定上，结果是章爸爸偷偷给。如今看来章妈妈一直是知道的，只是睁一只眼闭一只眼罢了，章兮兮有些愧疚之前对母亲的误会。她等到妈妈挂了电话才进门，装作刚刚回家什么都没有听见。

章妈妈见她回来拿作业本，数落她粗心大意，这回她没有顶嘴，默默地拉开椅子坐下和她吃饭，母亲的脸色突然有些歉意，对她道：“你等等再吃，我给你煎个荷包蛋吧。”她这才发现，桌上只有一盘炒豆芽，看见妈妈转身去厨房后，她突然觉得狭窄逼仄的客厅突然变得格外空旷，桌上的那一盘豆芽格外醒目，刺痛着章兮兮的眼睛。原来平常妈妈中午吃的竟然只有这个，看着妈妈一脸憔悴却还在为她煎鸡蛋的侧影，章兮兮突然忍不住偷偷哭了，又怕被妈妈发现，一边哭一边抹。

母女俩对坐着吃饭，从前也有过很多次这样的光景，她喜欢在吃饭的时候，和父母讲述一天的趣事，她所有的特长都用到了讲故事这点上，仿佛再平淡无奇的事，她都能找出有趣的点，惹得家人哈哈大笑。她觉得她是被需要、被爱、被关注、被肯定的，哪怕数学不及格，哪怕平平无奇，但是那短暂的其乐融融的时光是她最喜欢的。如今这一刻她觉得自己很自私，妈妈只煎了一只荷包蛋，自己舍不得吃，只给了她，而她竟然只考虑家里空荡荡，并没有第一时间共情失去了丈夫的妈妈。她夹了一筷子豆芽，做了一个决定——把书退掉，然后把爸爸留给自己的巨款都给妈妈。

章兮兮吃完饭忙不迭地离开了家，来到了书店。她踌躇地来到书店老板的收银台前，思考着如何跟对方说，好不容易鼓起勇气说出要把书退了的话，老板有些吃惊，从柜台后抬起头，打量了她一番，道：“你是不是中午就看完了，现在拿来退?”

章兮兮赶紧摇头解释说没有。

书店老板很不高兴：“我们这又不是图书馆，不给退。”抬头看见章兮兮局促的样子，叹了一口气道：“算了算了，退一半钱给你啊。”

章兮兮松了一口气，谢了对方，将书恋恋不舍地递了过去。等她接过钱，一转身看见了夏漱石的那位同班女同学，她手里拿着一沓精美的笔记本过来结账，目睹了全过程，脸上带着看热闹的表情，随后道："我叫史慧，你是夏漱石的初中同学章兮兮对吧？"

章兮兮看了她一眼，觉得此人身上写满了来者不善四个字，转身就走。对方见她要走，索性不买了，追了出来，道："你是不是喜欢夏漱石？"

章兮兮转身回道："关你什么事？"

史慧笑道："当然关我的事情咯，因为我也喜欢他啊。"她顿了顿，又道："你有没有看学校公告栏啊？"

章兮兮摇了摇头。

"哦，那你进学校门的时候就能看见了，我获了奥数银奖，夏漱石获得了奥数的金奖，我们的照片都贴在公告栏里呢。"

"那又怎么样？"章兮兮丢下一句话，就往自行车旁走去。

史慧快步上前，不小心踢到了她的自行车，道："你怎么骗人家书看啊？这算是小偷，还是骗子呀？"

章兮兮脸憋得通红，她不知道该怎么回答她，只是弯下身想扶起自行车，就在弯腰的一瞬间，她看见了夏漱石从那家小书店里走了出来，直愣愣地看着她，显然他目睹了之前的一切。比起被这个不讨喜的史慧冷嘲热讽，她更在意的是夏漱石知晓了她的捉襟见肘，那可怜的自尊心和小傲娇，在这一刻消失殆尽，只剩下了耳根子发烫。

章兮兮看着夏漱石，心情复杂，她只使劲地抿着嘴巴不让眼泪掉下来，谁知夏漱石上前帮她扶起自行车，刚要说话，章兮兮却道："你走开。"声音很低却不容拒绝，说完这三个字，她的眼泪不争气地掉落在了他的手背上，她立刻伸手去擦，擦了两下，醒悟过来这是夏漱石的手背，赶紧将他的手指头从车把手上掰开，抢回自行车，用力地踩向学校，面对这样的困境她毫无招架之力，除了逃离，别无他法。

只是经过学校公告栏的时候，她控制不住地瞥见了夏漱石和史慧并排的照片，那样的优秀那样的般配，她心里憋得慌，实在忍不住地"哇"

的一声号啕大哭了出来，引得路人侧目她也管不上了，就是委屈、就是想哭，一边骑一边放声大哭。

走读生的晚自习每天两节课就结束了，这段时间章兮兮没有和薛一笙一起回去，她决定从今天起发愤图强，和住宿生一起多上一节晚自习。她努力地做题，想不明白就背答案，她把解题思路一步步地默写出来，她相信笨的人也有笨的方法。她背题背得头昏眼花，走向车棚的路上，都在看着答题本，有时候太急背不出来，就忍不住又哭了，但是一边抹眼泪，一边继续背，就这样哭哭啼啼抽抽噎噎一路走到了停车棚。

走读生早就走光了，车棚里只有她的车孤零零地停在昏黄的灯光下，像宇宙里最后的一颗星。她将答题本放进车篓前，看见了车篓里有一本被牛皮纸包着的东西，她好奇地拿起来，缓缓打开牛皮纸，映入眼帘的正是那本她退掉的《致命的百合花》，她以为是自己眼花，拿起来翻开，扉页上夹着一张从作业本上撕下来的纸，上头写着：

只有充满勇气的自己

才会等来一场文艺复兴

熟悉的字迹，让这些日子以来的委屈和慌乱，让不知道该如何安放内心情绪的她，突然感觉到了春暖花开季节的温暖，仿佛宇宙都不再空荡荡了。不远处响起了一声俏皮的口哨声，她循声望去，只见夏漱石斜挎着书包，踩着自行车，披着路灯的光，宛若宇宙里的另一颗星星，一路冲到了她面前，挂着玩世不恭的笑容，单脚撑着自行车停在她眼前，他想要一如既往地拽她辫子，刚一伸手，又缩了回去，转而挠挠头，装着不耐烦道：“哎，章兮兮，你不要哭唧唧的，再这样下去，你就会变成脏兮兮的。”章兮兮被他逗乐了，捧着书，又哭又笑。

很久很久以后，章兮兮回想与夏漱石有关的记忆，那个朴素的车棚的晚上，他披着全宇宙的光向她而来，诠释着刻骨铭心四个字。他们的小半生都重叠在一起，他们爱过，他们闹过，他们哭过，但归根结底，他们在各种时光里，相依为命，一起长大。事到如今，他们正在各自老去。

火车到站了，女童的父亲叫醒了章兮兮，章兮兮赶紧表示谢意，起身拿了行李排队往外走。被父亲抱着的女儿，指着章兮兮怀里抱着的那本书，问道这是什么？章兮兮看了看，又指了指自己捧着的那束百合花道："这是一个叫作切利尼的人的故事。"

出站后孩子的爸爸笑着与她告别："欢迎来到百合花的城市——佛罗伦萨。"

4

佛罗伦萨的市花是百合，张扬又招摇的香气可一点儿也不低调，毕竟这座城市的历史和文明，足以配得上任何形式的招摇。章兮兮在米开朗琪罗广场附近的VILLA LA酒店里住下，这里的露台可以俯瞰整个佛罗伦萨。她曾经跟夏漱石说，如果真的有时空静止，她希望可以来到文艺复兴时期的佛罗伦萨，她爱这里的石板路，她爱这里的咖啡香气，她爱这里夜晚留灯的店铺，她曾经想要牵着他的手，吃着冰激凌，走在穿越千年的小城里，永永远远。

那年月考，章兮兮凭实力进入了全年级倒数第100，薛一笙则凭运气进入了全年级倒数第101，因此她们的区别是，章兮兮的晚自习需要被全年级前100的人一对一辅导。重点班的尖子生，对这个安排的态度褒贬不一，极少数人表示这会影响自己的学习，而大部分人则关心这倒数100里的人，有没有自己喜欢的人。林晓森就其中之一，他甚至握着三支铅笔当作香来祈祷，希望抓阄的时候，能抓到章兮兮的名字。负责拿着纸盒子让大家抓阄的夏漱石对他的行为嗤之以鼻，并质疑这个人如此封建迷信，物理是怎么考满分的?

林晓森在众目睽睽之下缓缓展开手里的纸条，围观的人群统一叫着章兮兮的名字来助阵，只有夏漱石单手支着头，一脸不屑毫不在意。果然人群里发出了遗憾的声音，林晓森甚至发出了惊叹声，因为他手里纸条上的名字写着“居南川”三个字。夏漱石看着人群散去后失落的林晓森，撇撇嘴笑了笑。

章兮兮拿着笔记本和打算看松本清张的薛一笙挥手作别后，前往临时补课集中点的教室礼堂。她手里头拿着老师给她的临时学号0414号，带着不祥的预感，跨入了礼堂，一进门就看见了林晓森，林晓森似乎一直在等她，见到她进来，眼眸里都溢出欢喜，自来熟地冲她扬扬手。自打林晓森对她的“示好”被众人皆知后，章兮兮反而非常不自在，可又怕不自在显得自己特别高傲和做作，所以她夸张地咧嘴笑了笑回应了一下林晓森，随后赶紧转移视线，装作十分认真的样子在桌角上寻找学号，此时头顶飘来熟悉的声音，带着嘲讽和捉弄：“你在哪找学号呢？学号在椅子背上！”

章兮兮本想顶嘴，可发现他说的是事实，甩了甩马尾辫，连跨两节台阶想要与他划清界限，没想到夏漱石追了两步，一把抓住她连帽衫的帽子，拉到了自己身旁，然后从口袋里掏出了一张纸片，在她眼前扬了扬，随即拍在了桌上。章兮兮突然有种不祥的预感，在夏漱石带着嘚瑟地缓缓打开的动作下，她看见了那张纸条上赫然写着“章兮兮”三个字。章兮兮脑子嗡的一响，扶着桌角才能站稳，她一开始就觉得不对，毕竟0414的学号真的不吉利，让夏漱石指导自己的功课，简直是自讨苦吃，自取其辱，他讲解题目的过程里一定会极尽挖苦讽刺，少不了地还要被拽辫子，想到这里，章兮兮就不寒而栗，转身就举手喊报告，喊到破音——“老……老师，我不要跟他结对子！”

礼堂内安静了下来，教导主任抬起头，看向她，推了推眼镜，道：“你是谁？”

章兮兮大声报了自己的班级和名字，带着得意的脸色看向夏漱石，一手拽回自己被夏漱石扯着的帽子。

“哦，章兮兮同学，你是觉得自己在倒数100里的第一名，就是第一名了？真正的第一名给你补习，你还要有什么要求？”教导主任推了推眼镜，看向夏漱石道：“你如果实在不想教她，告诉我。”

夏漱石已经坐在了椅子上，拍了拍一旁的桌面，带着笑意，对章兮兮道：“我就勉为其难帮助一下困难的同学吧，快点，坐过来。”

林晓森忍不住问边上的居南川：“夏漱石运气怎么这么好，能抽到兮兮？”

居南川想了想道：“天生一对？”他想了想又摇摇头，“不能够啊不能够。”

林晓森附和地点点头：“老天这不是乱点鸳鸯谱吗？他不是说了不喜欢她吗？”

章兮兮只能自认倒霉，耷拉着脑袋坐在了夏漱石的身旁，一脸不情愿地打开书，听夏漱石给自己讲解枯燥的物理题，她始终无法集中全力听讲，虽然夏漱石讲得真的很用心，她却不得其解——为什么命运会如此弄人呢？就因为夏漱石送了自己一本书，难道她就要任由他的欺负和侮辱吗？

下课铃响，林晓森过来问章兮兮要不要喝奶茶？章兮兮刚想说要，夏漱石就帮她拒绝了，她愤怒地看向夏漱石：“你凭什么干涉我的自由？”

夏漱石问道：“你难道不想知道100个人，为什么是我抽到了你吗？”

“想！”章兮兮和林晓森同时说道，章兮兮俨然忘记要为自由而战的这一茬。

“那你以后不要再送她奶茶，我就告诉你们。”夏漱石一脸理所当然。

林晓森看了看夏漱石，又看了看章兮兮，正义凛然地说道：“不。”

章兮兮看了看林晓森的背影，想了想，坐回了位置，压低声对夏漱石道：“你告诉我实情，我保证以后不喝他奶茶。”

夏漱石想了想，勾了勾食指示意章兮兮凑过来，章兮兮果然凑了过去，他一把钳住章兮兮的脖子：“你为什么对林晓森这么友善？你喜欢他吗？”

章兮兮被他钳得喘不过气来，回手也掐了过去，夏漱石这才松手，章兮兮扭过头去不看他，心里头却在想着他的话。她从小各方面表现都十分平平，常常被母亲要求要争气，因此拿来和别人家的孩子做比较是常有的事情，妈妈总说，只有章兮兮足够优秀，才可以得到更多父亲的爱，虽然她不知道为什么要得到更多父亲的爱，但是能得到父母的肯定她当然乐意，可惜一直未遂。而林晓森，作为一个章妈妈眼里十分讨喜的小孩，竟然会直言不讳地表达对自己的喜欢，这让她多少有些小傲娇，原来自己也不是那么差劲嘛，能被妈妈欣赏的人也会喜欢自己，虽然有点不可思议，但足够弥补她心里一直以来的小失落，她承认这种想法有些自私和阴暗，可这样的虚荣占据着她的心头。章兮兮趴在桌子上说完真心话，默默地叹了一口气，伤心地说道："我从来不曾让妈妈骄傲过，如果我争点气，爸爸也许不会离开我妈妈。如果林晓森早点喜欢我就好了，说明我不那么差劲，也值得被优秀的人喜欢。"她想了那么多，说出来的却只有寥寥数语，但是夏漱石好像听得很懂。他单手支着下巴听她说完，上手揉了揉她的头发，道："你也有很多优点值得欣赏的。"

章兮兮转过头，露出小虎牙，充满感激道："真的吗？我都有哪些优点啊？"

夏漱石皱着眉头思考了一下道："这可真的难倒我了。"

章兮兮夺过书本就要打他，突然想起来这番对话的起始点，怒道："你快告诉我，你是怎么抽到我的名字的？"

上课铃声响起，夏漱石顺势抢回作业本，转过头冲章兮兮说道："你的名字可一直在我手里呢。"略一顿，翻开了作业本，指着其中一条题目道："快写。"

章兮兮瞪了他一眼，愤怒地开始写物理题，重重地写下一个解字，尴尬地挠了挠头，将习题转向了夏漱石，道："不会。"

夏漱石潇洒地转了转笔，反手就画了个线路图，画得正起劲，章兮兮一巴掌拍向他的后脑勺，夏漱石差点栽在桌子上，怒道：“你这是干什么？”

章兮兮满脸通红，她刚刚才反应过来：“你是不是压根没把我的名字放进抽名字的盒子里，从一开始就拿到自己手里，好啊好啊，我说呢，怎么这么巧，原来你早有预谋，你说你到底什么意思？”

原本气势汹汹的夏漱石，一下子脸红了起来，继续画线路图，却心虚地低声道：“你休想逃出我的手掌心的意思。”他画好了线路图，凑到章兮兮面前，想要讲解。

章兮兮不领情，拒绝听他讲解，顺手拿起文具盒，但也不知道如何表示自己的不满，她索性拿出小刀削起铅笔来，装作很忙，左右就是不想理会他，夏漱石拽了拽她的袖子，态度明显缓和了许多，道：“这题其实给你讲过，你类似的题目还做对了，你看啊……”

章兮兮想要甩开他拽着袖子的手，一转身，小刀划过了他的下巴，血冲破皮肤流了出来，后头的学生倒吸了一口凉气，教导主任如鬼魅般出现在了章兮兮的身后，她手足无措慌乱不已，她赶紧掏出面巾纸给夏漱石止血。也不知道是谁说了一句“杀人啦”，教室里惊吓声和欢笑声共鸣。

章兮兮知道自己完了，不但要被通知家长，说不定还要被开除……章兮兮还没有来得及细想，身子就被教导主任扳了过来，斥责道：“你小小年纪，不好好学习，还要杀害同学？这可是我们这次月考的第一名，来辅导你这样的差生，你还有什么不满意的？”

章兮兮不知道该如何解释，结结巴巴道：“那我我我……”她突然感到手心里的小刀被人拿走，还被人塞进了一张纸巾，她一抬头，看见了夏漱石玩世不恭的脸，一把将她拉到了自己的身后。

夏漱石道：“老师，跟她没有关系，是我不慎将自己划伤了。”

章兮兮突然觉得心尖上被果冻撞了一下，周围都安静了下来，她甚至怀疑自己是不是听错了。

史慧走了过来，她也是帮助同学补课的一员，见此情形，毫不犹豫地补充道："老师，我刚刚还看见章兮兮打了夏漱石的后脑勺。"

章兮兮想要反驳，但是发现人家说的是事实，只好抿紧嘴巴不再说话。

教导主任满脸不可思议："学习成绩差就算了，人品还不好，不知道家里人怎么教的。"

夏漱石岿然不动，徐徐道来："她刚刚没有打我后脑勺，她刚刚也没有划伤我，你看错了。"

教导主任看了看夏漱石手里的小刀，忍不住笑了，戳破一个拙劣的谎言，比追溯真相更难："我们的优等生不愧是优等生，素质就是高啊，夏漱石同学你很善良我知道，学校呢也很重视你，你马上要参加物理竞赛了，不能有出什么闪失，不用为她说情，她就是用这把小刀划伤的你，你把它给我，我来处理。"

夏漱石缓缓地将刀片合上，堂而皇之地放到了自己的文具盒里，抬起头来对老师道："小刀在我手里，我也承认是我自己划伤自己，我不想讹她，老师您也没必要讹她。"

教导主任对夏漱石叹了一口气，随后走到了章兮兮面前，指着她道："人家优等生就是有觉悟，你呢？成绩差，思想素质也差，蓄意伤害同学，利用别人的善良为所欲为，小小年纪就这样，以后怎么得了？"

似乎每个人都可以来评判章兮兮，唯独这个当事人必须闭嘴，毕竟在成绩就是一切的学校里，她毫无招架之力。史慧挤上前来继续补充道："她数理化三门加起来都没有150分哎。"

周围立刻响起窃窃私语声，充满了对章兮兮成绩和穿着的议论。连教导主任都忍不住打量了一下章兮兮，从头到脚，从脚到头，随后露出了嫌弃的表情，这表情让章兮兮永生难忘，那天她穿着泛黄的过时的球鞋，白色卫衣有些起球，她的头发发色偏黄，还有桌上的不及格的试卷，仿佛从外在到灵魂，都写着差生两个字。

“好像她爸妈离婚了哎，她爸爸在外头有别的女人。”

“真的吗？”

“真的，她妈妈好像也在这次的下岗名单里面呢。”

“这么惨的啊……”

那些目光和议论仿佛天罗地网一般将章兮兮笼罩，这些日子以来的委屈和愤懑，在这一刻突然爆发，她推开了夏漱石，站在了人群的中心，她抬起头，扫视了一圈周围人，想着史慧再讨厌，也不过是学生，所以目光从她身上挪开。这老师却纵容同学们对她的议论，非但不加制止，反而不断区分所谓的优等生和差生，好像成绩就是一切。

“学习差？是。数理化不好？是。数理化三门加起来也没有语文的一门成绩高，是。这些都是事实，然后呢？五个指头都有长短，人生来就有各自的天赋，我语文可以考140，却依旧因为总分不高而排名靠后，就被定义为差生。身为老师的你，除了有定义我是差生的权力外，能不能偶尔为我这样的偏科的学生想一下，我可不可以有更好的出路，如果是规则的错，身为老师的您，为什么不去让规则变得更人性化呢？为什么要以老师的身份，来定义我是个差生？”

教室里一片安静，毕竟除了前100名的优等生外，这里还有一半的倒数100名的学生。那些倒数100名的学生各自站了起来，看向教导主任。

“是啊，为什么叫我们差生啊？”

“我的画获过奖，可是我就是学不来化学，怎么了？”

“我的钢琴刚刚考过10级，可我英文是零蛋。”

起初教室里泛起轻轻的笑声，但是很快被学生们愤怒的气焰掩盖了。

“教育到底是什么啊？”夏漱石问道。

周围安静了下来，史慧上前拉了拉夏漱石的衣角，被夏漱石闪开，他站在了凳子上，问道：“教育是为了让我们每个人都一模一样吗？”夏漱石环绕四周，“会弹琴、会画画、会写小说，难道还不能去定义一个人的意义吗?”

教导主任脸色铁青，指着夏漱石道：“你给我下来!”

章兮兮仰头看了看夏漱石，然后爬上了他旁边的凳子，她站在他的身侧，说出了她一直以来的疑问：“生而不同，难道有错吗？这不是个人的魅力所在吗?”

同学中不断有人点头附和。

“因为她分数没有我高，所以她就活该被指责吗？以分数定优劣的制度不妥，身为这个制度的执行者的您，难道没有错吗?”

“是啊，您是老师，您反思过我们身上枷锁的问题吗?”

“成绩不是一切!”

“我们只想做我们自己！而不是考卷的奴隶。”

……

有学生陆陆续续地爬上了凳子，挥洒着心中的不满，甚至连那前100名中的学生都觉得这些话很有道理，他们也陆续地站在了板凳上，乱了套的自习课，终于逼走了教导主任，大家欢呼起来，将作业本抛向空中……

章兮兮看着作业里夹着的自己名字的字条，拿起了红色水笔，画上了一颗小心心，悄悄放回了夏漱石的文具盒里。

礼堂反抗事件导致一对一结对子的活动取消了，虽然名义上没有什么处罚，但是老师还是找了“闹事”的学生们谈话，以疏导他们的身心健康为主要目的，并再三强调学生在他们心中是人人平等的，没有优劣好差之分，这件事就这样悄悄告一段落。

倒是夏漱石，在那天晚自习后，他在她家巷子口等她，让章兮兮有些疑惑：“你怎么在这儿?”

夏漱石从书包里取出习题册，章兮兮一看正是自己的，不好意思地接过来塞回书包里，刚要道谢，夏漱石突然柔声问道：“优等生就那么重要吗？”

章兮兮停下动作，抬起头，带着掩饰不住的羡慕道：“你是优等生，当然觉得不重要啊，我就不一样了，我要是考不好啊，就让妈妈特别失望，我妈妈她很辛苦的。”

夏漱石揉了揉她的头发道：“父母喜欢也这么重要吗？”

章兮兮想了想：“我喜欢他们，所以我希望我喜欢的人，也能喜欢我。”

“那你喜欢你自己吗？”

章兮兮想了想，轻轻地点了点头：“还行吧。”

夏漱石轻轻捏了捏她的脸，道：“你是独一无二的，父母老师和功课，都不需要被讨好。”

老实说，章兮兮被前半句晃了晃神，没有来得及理解后半句的意思，她只是觉得夏漱石也没那么讨厌，虽然很难得。他寥寥几句，就道出了她内心一直的迷茫和苦楚。她总是活在别人的期待里，希望能通过满足对方来获得关注和喜欢，好像“自己”这件事的存在是无所谓的，但是内心又隐隐觉得不甘心，因此就会有各种复杂的情绪应运而出。章兮兮思绪万千，说出口却变成：“谢谢你今天救了我，我以后可以请你喝奶茶吗？”

夏漱石的手掌摁了摁章兮兮的脑袋，一字一句道：“算、你、有、良、心。”他的车围绕着她转了一圈，故作帅气地离开，章兮兮仿佛能看见他单车留下的圈发着光，站在圈子里的她，觉得自己变成了一朵绽放的小花花。

爱情从不短暂，短暂的是人本身。

佛罗伦萨下雨了。

5

佛罗伦萨有一座桥，被称作“老桥”，但丁曾在这里两次偶遇他的一生挚爱，如今这里成了地标景点，熙攘的人群，两边的珠宝店金光闪闪，彰显着人间烟火的繁华。章兮兮撑着伞沿着河一路走，很多歌迷在找周杰伦前段时间在此拍照的角度。章兮兮想起曾经和薛一笙一起追过周杰伦的日子，忍不住也自拍了一张，发了过去。薛一笙秒回了一条微信——杰伦都有俩孩子了，你可真不容易，又回到了原点。章兮兮回了三个字——你也是。薛一笙在微信那头跳脚。

高一那年在夏漱石“打击侮辱”式的帮助中，章兮兮通过了综合考试，顺利入读文科，一起读文科的还有薛一笙，因为缘分的关系，她们依旧被分到了同一个班，不仅如此，缘分也没有放过居南川。章兮兮不但甩开了最不擅长的物理化学，还可以深入学习自己感兴趣的学科，她像白蚁一般，疯狂地学习历史和政治，将喜欢的学科吃进肚子里，而她的名次以肉眼可见的速度上升。每次月考名次榜贴出来，她都会很开心，而夏漱石通常会冷不丁地出现在她身后，准确地报出她比上次提高的名次。

高二之后，大家各自忙碌起来，连去河堤看日落的活动都被大家遗忘了。高三学生们紧张和疲惫的状态，或多或少会影响到高二的学生们，更别说老师家长时不时提及“明年就轮到你们了”之类的“危言耸听”。

不过有一个人与这些气氛格格不入，他就是陆展信。随着年龄的增长，章兮兮记忆中的矮白胖的发小，俨然成为很多女生眼中的“校草”，区别于一般校草的是，他从来不打篮球不踢足球，培养运动技能的时间都让给了小提琴。大概从小受到艺术熏陶的缘故，他对谁都温文尔雅，提着小提琴穿过走廊回到教室的路上，诠释着“风度翩翩”四个字。通过章兮兮转交情书给陆展信的女生络绎不绝，章兮兮每次都“笑纳”，随后默默地藏了起来，她之所以这么做，不是因为自己，而是为了薛一笙。

纵观薛一笙的一生，她最爱的男神是福尔摩斯，沉醉在福尔摩斯的形象里不可自拔，特别是他作为一个智商发达的侦探，还能拉小提琴这一点，让她着迷得不要不要的。当她有一天路过琴房看见陆展信拉小提琴的样子的时候，她忽然感受到了命运对自己的眷顾，是的，命运早就将福尔摩斯送到了她的身边。

在章兮兮被叫到礼堂接受一对一补课的那段时间里，薛一笙也没有闲着。她将作业带到了琴房里，找了个稀烂的理由，让陆展信同意她在自己拉琴的时候写作业。章兮兮知道他们俩已经“相处”了的时候激动不已，两人一边骑着自行车一边忍不住牵着手晃着开心地笑着，果不其然摔倒了，爬起来后还在傻乐。章兮兮畅想薛一笙跟陆展信结婚后，薛一笙和自己就可以永远在一起了，两家人本就认识，逢年过节本来就要走动，这下子好了，即使以后上了大学、工作了，薛一笙和她的友情也不会中断，她们俩有了更多在一块玩的理由。薛一笙深以为然，并认为章兮兮是当自己和陆展信孩子的干妈不二人选，虽然这一切的安排陆展信并不知情。

薛一笙在章兮兮的人生阶段里，多次上演了路见不平为她出头的戏份，章兮兮一直铭记在心，并希望伺机报恩。因此，在面临转交情书的事情上，章兮兮毫不犹疑，选择帮助薛一笙清理对手，为她今后的情路扫除障碍，比如说单方面销毁那些情书。薛一笙得知后认为这样胜之不武，有损自身光明磊落的形象，她决定跟那些女孩子堂堂正正地竞争，但是基于章兮兮是“中转站”，所以当她去送信的时候，她作为最好的朋友理所应当跟着，这样又多了一个与陆展信见面的理由。章兮兮不仅同意，还为薛一笙的胸襟和策略感到敬佩和骄傲。因此她捧着一盒子情书，穿过走廊，走向音乐教室的时候，被打球回来的夏漱石看见，随口问了一句干吗去？章兮兮也随口答了一句：“送情书去。”

夏漱石有点吃惊，自言自语道：“送情书？”

居南川追着问了一句：“给谁啊？”

薛一笙不耐烦地回了一句：“给陆展信。”

夏漱石立即转了方向，追上了她们，居南川脸上露出兴奋的表情，用胳膊肘捅了捅他道：“哎呀我的妈，你一直看不惯的章兮兮竟然喜欢陆展信哎。”

薛一笙转头瞪了一眼居南川：“你别瞎说。”

居南川乐了，指着薛一笙道：“急了，你急了！”说着又兴奋地对夏漱石道：“没跑了，肯定就是，薛一笙都急了，肯定被我们猜中了，就是章兮兮喜欢陆展信。”让居南川不懂的是，这个大秘密被他揭开，怎么夏漱石的表情一点也不兴奋？更让他摸不着头脑的是，夏漱石怎么也急了？

夏漱石越过居南川拦住了章兮兮的去路，看向章兮兮道：“不许去。”

居南川一下子醒悟过来，夏漱石与章兮兮“恩怨”多年，肯定不能让她这么快追到自家兄弟，立刻心领神会上前强调道：“嘿，我跟你说，陆展信跟我们是兄弟，你得先讨好我们，我们就帮你说点好话，才能去，怎么样？”说话神态举止，在章兮兮看来宛若一个智障，气得她上前狠狠地踩了他一脚，居南川抱着脚狂跳。

薛一笙看了看情况，上前接过章兮兮手里头装情书的盒子，道：“我去送，你跟他们解释。”

没想到夏漱石一把拦住了薛一笙，看了看盒子里满满的信封，道："真厉害，写了这么多？"转头对章兮兮道："你怎么不给我写？"

薛一笙二话不说上前踩了夏漱石一脚，夏漱石疼得红了眼眶，薛一笙趁着空隙拔腿就跑，章兮兮握拳叫好，还跳起来冲薛一笙的背影挥手为她加油，心想这下子不仅解决了自己的问题，而且还赢得了和陆展信独处的机会，简直有勇有谋。夏漱石一把按下她的手，急了："你不是说请我喝奶茶吗？"

章兮兮瞬间反应过来，觉得这算是问题吗？"我请你喝呀，今天放学就给你一杯呗，多大点事，你有什么好急的？"

居南川此刻有点晕，他不大看得懂兄弟夏漱石的本质诉求到底是什么，忍不住低声提醒道："你别逼人家女孩子请你喝奶茶啊，我请你，我有钱。"

夏漱石对居南川气不打一处来，嫌弃地看了他一眼，示意他别说话，居南川只好闭嘴。此时放学的钟声响起，各个教室里开始有了桌椅挪动的声音，眼看着人群就要涌入走廊，夏漱石怒道："我喜欢你，难道你就看不出来吗?！你是二百五吗？我不许你写情书给别人，要写只能写给我！"

章兮兮愣住了，居南川也愣住了，夏漱石说完自己也愣住了。

章兮兮心想：他为什么骂我二百五，甚至为了骂我二百五不惜说喜欢我？

居南川心想：哥们到底是喜欢还是不喜欢人家姑娘，为什么骂喜欢的姑娘是二百五，还是说现在流行二百五这个昵称？

夏漱石心想：两个智障！

那是一个再寻常不过的夜晚，下课的铜钟声环绕在彼此的周围，章兮兮思考了一下后，想起夏漱石曾经对自己做的那些事，觉得对方表白的可能性很大，其实她心里也很在意他的，只不过内心的骄傲和胆怯并存，她不知道该如何去定义这样的在意，既然夏漱石先表明了态度，她就敢放开心思去想这样的在意到底算什么？显然，这无疑就是喜欢。不过她不知道如何应对这个突如其来的表白，贴着校服裤缝的手指微微发颤，她想冲他笑一笑，却发现面部僵硬，嘴角抽搐，她想说我好像也喜欢你，但是喉咙怎么也发不出声音。她看见他的眼睛里闪着期待的光芒，比夜色下的星空还动人。

最先发出声音的是居南川，他喊道："漱石，你是被球打到头了吗？"

夏漱石坚定地对居南川道："没有。"随后又看向章兮兮，带着期待甚至有点儿委屈地道："我问你呢，你到底喜不喜欢我？"

放学的人潮涌向了走廊，时不时有人穿过他们中间，夏漱石却动也不动，坚定地看向章兮兮。伴随着人潮走来的还有教导主任，他看见了令他印象深刻的章兮兮，隔着老远，喊道："二年级3班的章兮兮，你今天逃了半节晚自习是吗？你给我过来！"

夏漱石循声望去，在发出声音的同一时间里，拉起章兮兮的手："跑！"

章兮兮来不及反应，紧紧回握住夏漱石的手，两人往音乐教室的方向跑去。

正在玩球的居南川一掉头看见逼近的教导主任，扭头也跑，大喊："你们等等我啊！"

被夏漱石拉着手的章兮兮，一边跑一边解释道："我是帮同学送情书给陆展信的，不是我写给陆展信的。"

穿过人群的夏漱石没有听真切，问道："你说什么？"

两人终于跑到了音乐楼里，靠着二楼的拐角处喘着粗气，两人这才意识到紧紧握着的手，赶紧分了开来，夏漱石有些不好意思地将手放进校服口袋，拿出来又挠挠头，很是不安。不远处传来小提琴声，他转身往琴声的方向走，头也不回，一本正经地开始胡说八道："如果你真喜欢他，我也尊重你的选择，但是我劝你不要早恋，而且你们俩家人都认识，你成绩虽然有进步，但这并不是能早恋的理由……”

“我喜欢你。”章兮兮站定，握着拳，鼓足了勇气，终于说出了刚刚的答案。

在这个寻常不过的夜晚，他们见到了月亮。月亮拦住了夜色，洒在了他们中间，将走廊照亮，月色中只有小灰尘在跳舞，安静得不像话。

小提琴声戛然而止，不远处的琴房打开了门，陆展信和薛一笙一前一后探出身子，显然听见了刚刚两人的对话。

夏漱石转过身，露出松了一口气的笑容，转瞬得意又甜蜜，往章兮兮方向走了两步，刚要说话，居南川喘着气出现在拐角，大声质问道：“你不是说今晚要拔她自行车的气门芯吗？到底还拔不拔？”

薛一笙推开陆展信，走出来，对着夏漱石的后脑勺就是一巴掌，骂道：“原来前几天她的自行车气是被你们放的！知道我们俩找了多久修车的吗？”

夏漱石揉着头，辩解道：“那你干吗不让她来找我，我可以载她回家！”

居南川一拍脑门，终于醒悟过来，原来夏漱石所有的恶作剧，以及表现出来的对章兮兮的不屑一顾都是为了吸引对方注意，而不是真的不共戴天，他理顺了之后，走向夏漱石拍了拍他的肩膀道：“你这种追求的方式，有点变态啊。”

夏漱石怒道：“我以为你都懂的。”

居南川委屈：“我都懂有什么用，我全心全意陪你跟她不共戴天，结果你压根就是喜欢人家？”

教导主任的脚步声传来，大家赶紧收声，紧张地互相看了看，不约而同地挤进陆展信的琴房里。很快，一首《云雀》徜徉在走廊里，几个人贴在门上听外头的动静，直到在门缝里看见教导主任真的走远，才松了口气。

章兮兮从小听他拉小提琴，早就腻了，对他道：“你能不能拉点我们听得懂的。”

薛一笙嫌弃地看了看章兮兮道：“你得用心听，要欣赏。”

章兮兮忍着怪笑白了她一眼。

陆展信看了看夏漱石，突然换了首曲子。那时候夏漱石听张信哲是大家都知道的事情，他最喜欢的曲目是阿哲的《信仰》，陆展信换的正是这一首。

夏漱石一侧脸就看见了身边的章兮兮，章兮兮抱着膝抬头也正仰望着他，曲子的温柔缱绻都落在他们俩对视的目光里，有什么比你看向心上人的时候，对方也正看着你更美好的事情呢?

薛一笙看向陆展信，她觉得自己真是幸运啊，这么早就找到了一生所爱。

居南川看着四个人，心里头有点烦乱，他觉得打了一场球，怎么就不懂大家的关系了?

歌里唱：爱是一种信仰，把你带回到我身旁。

爱是不是信仰章兮兮不知道，但是它的确没有再将夏漱石带回到自己的身旁，也没有将薛一笙带回到陆展信的身旁。

雨淅淅沥沥渐渐停了，章兮兮靠在米开朗琪罗广场的栏杆上点燃了一根雪茄，看着华灯初上的佛罗伦萨一点点被点亮。

街边的一位画师走过来对章兮兮道：“女士，我可以为你画一幅画吗?”

章兮兮想了想道：“可以，不过我不带走，就让它留在佛罗伦萨吧。”

画师看起来五十多岁，收拾得倒是很讲究，衬衫的袖口卷到手肘上两寸，针织衫系在肩上，浅色的衬衫和深蓝色的针织衫，展现着他的讲究，让人看了很是愉悦，他点头道：“来佛罗伦萨的人，都会留下一些东西在这里，看来你要留下的是这一刻。”

章兮兮深深吸了一口雪茄，烟草的香味布满她的口腔，随后她缓缓呼出烟雾，她本不喜欢雪茄，那是夏漱石曾经寄给她的小手信之一。她不知道夏漱石当年在意大利的时候，和雪茄的关系，但是此时此刻，她突然很想体验一下，好像在烟雾缭绕里她能与那个时空的夏漱石共存。

爱情悠长，朦胧中，暗地里，无穷无尽，谁也不知……

6

众多文艺复兴的名人里，章兮兮偏爱切利尼，那个连缺点都充满魅力的雕塑家，后人用“一个切利尼，半座罗马城”来形容他的作品对意大利的影响。章兮兮的少年时期，内心十分渴求外界对自己的认可，因此总是学着那些完美的孩子，笨拙地努力却不得“善终”。

《致命的白合花》是一本印刷极其朴素，却让她从切利尼的一生里，醒悟原来人生来就会有优缺点，找寻到自己内心真正的爱并坚持下去就可以了，其他的缺点其实并不用在意。如果说，切利尼的作品彰显了巴洛克之美，而巴洛克冲破了黑暗的中世纪，将文艺复兴推向一个高峰。那么，夏漱石则是章兮兮人生的“文艺复兴”。他让她知道生而为人，应当处理好和自己的关系，这是一辈子的必修题，有些人从未见到过这道题，有些人拿到这道题的时候考试已经快结束，而有些人用尽一生都在解答这道题。

高二那年数学老师拍着章兮兮不及格的考卷，说了一句足以挤入章兮兮一生中前三大恐怖的语录——“数学会伴随你一生的”。章兮兮在数学的世界里，遇到的最多是“瓶颈”，被夏漱石反驳这种说法是往自己脸上贴金，事实证明，这真的不是瓶颈，是极限，150分的试卷，她永远徘徊在60分左右，她觉得丢脸，可是脸丢得多了，她便拿出来自我打趣，以为这样能够排解尴尬。

高二那年暑假，他们提前搬入了高三的那栋教学楼，也提前结束了暑假，开始了高三的生活，主要表现形式是补课。学校总是在假期进行修修补补，邮城中学也不例外。薛一笙和章兮兮发现在某条主干道的边上，挖了两米见方的坑，很快搬来了一个硕大如庙里的香炉一般的东西，里面还放着灰，这天晚自习结束后，她们特意等同学们都走得差不多了，停在了硕大“香炉”的拐角处，琢磨着这到底有什么玄机？

薛一笙那个时候已经开始看东野圭吾了，她的推理方向从本格派往社会派上转变，受最近看的作品的影响，她认为此“案”不能简单地从外形上去分析，而要因地制宜，联系周围环境和风俗人情来推断其背后的动机。章兮兮深以为然，迅速列出了自以为的关键信息——时间：暑假；地点：学校的主干道旁边；人物：学生和老师。薛一笙对她的推理能力感到着急，认为这些都是浮于表面的信息，应该再深入。比如说，为什么要在暑假期间放这样的东西？而身为一个省重点的学校，他们只弄了这一个东西来，放在了朝南的位置，是为了什么？已知条件已经够多了。那么接下来就要回归本质——学校最看重的是什么？

章兮兮觉得自己离答案更近了一些，挠了半天后脑勺，道：“升……升学率？”

薛一笙一拍大腿道：“对咯。”

章兮兮乐呵呵觉得自己赞爆了，薛一笙压低声音，又道：“在学生最少的时间段里，放一个大香炉，又放在主干道边上，图的是灯下黑，不引人注意，而一个学校最重视的就是升学率，好了，告诉我你的答案……”

章兮兮咬了一口冰激凌，眨巴眨巴眼睛看着薛一笙，然后摇了摇头，期待地看着薛一笙。

薛一笙推了推眼镜，笃定地说道：“线索已经聚拢到一块了，很明显了，这是学校的风、水、局。”

章兮兮深吸一口气，想起小说中提到的风水、坟墓、阴阳等元素，突然觉得阴风阵阵，再一抬头，发现薛一笙看着她的眼神也变了，对方还忍不住指了指她身后，章兮兮握着冰激凌的手微微发抖，却不敢掉头看，颤抖地问：“怎……怎么了，你怎么这么看我？我后头有什么？”不等薛一笙说话，章兮兮只觉得黑影袭来，她本能地将冰激凌往黑影方向戳去，随着一声熟悉的惨叫，夏漱石脸上的冰激凌滑落掉在了地上，他愤怒却无奈地看着章兮兮。

“我就想偷偷吃一口你的冰激凌，用这么刚烈吗？”夏漱石一边说着就要将衣服的下摆撩起来擦脸。

章兮兮一边埋怨一边上前拉下他的手，道：“你就不能正大光明地吃冰激凌吗？非要吓人吗？喏，面巾纸。”

章兮兮将面巾纸递给了夏漱石，在他擦脸的空隙，她将这个推论绘声绘色地告诉了夏漱石，并邀请他一起去拜一拜。居南川虽然没怎么听懂推理过程，但是听见了风水和拜一拜等关键词后，立马赞同章兮兮的说法，并列举了他爸爸工地开工前也会举行仪式烧个香什么的。

薛一笙想了想，点头道：“毕竟宁可信其有不可信其无。”

夏漱石觉得不可思议，问章兮兮：“你要拜，也得知道自己拜谁吧，我真没听过拜香炉的。”夏漱石绕着这个“香炉”走了一圈，“这东西好像也不是香炉，等明大白天看看清楚再说。”

章兮兮摇摇头，不与夏漱石辩解，直言道：“你要是不拜，我就帮你一起拜。”

夏漱石一把抓住她的校服领子，拽到自己旁边，想拉走她：“这东西应该是个基座，你跟薛一笙能不能学点好的东西？”

薛一笙又展开了推理模式，道：“如果这是个基座，那么上头也迟早要放个我们学校的守护神什么的。”

居南川附和点点头："没错了，肯定是，我爸爸说风水很重要，拜神也很重要。我看我们既然看见了，不如现在就拜。"

章兮兮担心地看了看四周，教学楼里的灯光已经熄灭得差不多了，虽然靠着他们这一群人的地方有一些路灯，可比起安静空旷的校园，此刻反而有点阴森。章兮兮有些迟疑，声音微微颤抖："现在不大好吧，这大晚上的。"说罢还怯生生地看了看薛一笙。

薛一笙打量了一下周围环境，大手一挥完全不在意，随后从书包里摸出来了一块钱的硬币，踮脚抛了进去，对章兮兮道："我看咱们得抓紧拜，别被巡逻的保安看见。"

居南川深以为然，立刻从口袋里摸出五十块就要扔进去，被薛一笙一把抓住："你找点零钱。"居南川一本正经地回道："这就是零钱。"想了想，又道："这算是我和夏漱石还有陆展信一起的吧。"

夏漱石对他们的行为表示了极大的无语，刚要上前阻止，居南川已经将五十块扔了进去，随即就要下跪磕头，被章兮兮一把拉住："这样不好吧？算不算封建迷信啊？"夏漱石刚要表扬章兮兮还有点脑子，就听见章兮兮说，"还是鞠躬吧"。夏漱石一巴掌拍在了自己的脑门上，扪心自问为什么会爱上一个弱智？

于是这三个人肩并肩冲着香炉鞠了三个躬，各自念念有词。

居南川道："守护神啊，请让我考试及格吧。"

章兮兮道："守护神啊，请让我爸爸回来吧。"

薛一笙道："守护神啊，请让我当上法医吧。"

大家惊呆了，看着薛一笙，连夏漱石都不解地问："你不该当个刑警什么的吗，可以破案。当法医干什么？"

薛一笙颇为遗憾地叹了口气，推了推黑框眼镜道："我近视度数太深，没有资格报警校。"

大家觉得哪里不对，可又说不上来，迷糊地点点头。章兮兮走到了夏漱石的身旁，问道："你就没有什么愿望可以许的吗？"

夏漱石刚摇头，又停了下来，然后取出纸笔，匆忙写了些什么，随后揉成一团扔了进去，章兮兮不解地问道："为什么要乱扔纸屑？"

夏漱石白了章兮兮一眼道："那你们还搞封建迷信呢。"

鞠了躬的三人一点不在意夏漱石的评价，都觉得自己是这个学校里第一拨拜了守护神的人，从此直奔青云不费事。

暑假的尾声里，大家得到的回应是：居南川惨淡的分数，毫无音讯的章爸爸，以及被没收了推理小说的薛一笙，显然大家并没有被守护神眷顾。三个人耷拉着脑袋走在放学的路上，身边是陆展信听说了事情后发出的狂笑声，一边埋怨夏漱石应该当时叫他来看这三个二货的高光时刻。章兮兮对此嗤之以鼻并妄图辩解，其间叮嘱并警告陆展信别告诉家人。

居南川则不依不饶："你们不要这么快就放弃希望，依我看啊说不定守护神没有来，所以效果还没有起来，一旦守护神被请来了，我们就……"居南川话没有说完，一行人就来到了那晚守护神的位置，大家下巴差点没掉下来，随后就听见陆展信和夏漱石狂笑到抽搐的声音，陆展信因为无法控制发笑，导致琴盒都掉到了地上。

章兮兮看着眼前的这一幕，嘴角抽搐，不知如何是好。

邮城有一位著名的作家，在章兮兮还是高中生的年代里，还不被大众所知，但是章兮兮工作后这些年，他倒是越来越受欢迎。他爱吃爱花爱生活，对栀子花的描写更为世人称道：栀子花粗粗大大的，又香得掸都掸不开，于是为文雅人不取，以为品格不高。栀子花说："去他妈的，我就是要这样香，香得痛痛快快，你们他妈的管得着吗。"这就是汪曾祺先生，一个可爱的老头，也曾就读于邮城中学。

学校为了纪念他，特意将正门的主干道命名为"曾祺之道"，并在主干道的旁边设了一座雕像，为了减少施工带来的影响，校方趁着暑假赶紧施工，终于在暑假的尽头，装好了这座雕像。当初章兮兮一行人叩拜的正是这座雕像的底座，如今汪曾祺的半身雕像已经安装完毕，他儒雅和煦的笑容，包容着眼前傻眼的三个人和笑疯了的两个人。

薛一笙颤抖地拍了拍居南川的肩膀，安慰道："难怪拜了不灵，毕竟是个作家，其他功课肯定不是在他保佑的范围以内呀。"

章兮兮沉浸在失落和震惊的复杂情绪中，如行尸走肉一般踩着自行车，后背被人推了一把，不用回头就知道是夏漱石，但是这次夏漱石的手没有离开她的后背，她索性也不踩自行车了，就让夏漱石推着自己。夏漱石笑着道："哎，别那么垂头丧气嘛，你想不想知道，我那天乱丢的纸屑上写了什么？"

章兮兮立刻好奇地点点头。

"写了我俩的名字。"夏漱石凑在她耳边说道。

"我俩的名字？"章兮兮一时间有点没缓过神来，追问道："这……这是什么个意思？"

"从此以后我们俩的关系就……永垂不朽啦！"夏漱石哈哈一笑，使劲将章兮兮推了出去。晚风吹过章兮兮的两颊，她的生活因为夏漱石奏出了一曲欢乐的调调，她转头看身后追上来的夏漱石道："真的会永垂不朽吗？"

夏漱石双手离开车把手，拥抱晚风，得意地冲章兮兮道："当然会啊。"

佛罗伦萨的夜晚，无人的小径上，是切利尼走过的石板路，狭窄的小巷两侧的商店留着灯，让章兮兮觉得好像穿梭于文艺复兴时期的长廊。她缓缓地张开手臂，感受着夜风穿过自己的怀抱，她闭着眼，却能感受到光。让她感受到光的，不是当时看来那本很贵的书，也不是那个举世无双的艺术家，是夏漱石，那个陪伴她、激励她、鼓励她的夏漱石。后来种种，都不足为痛，百转千回以后，剩下的，都是感激。

她孤身一人，她形单影只，她思绪翻涌，这踽踽独行的人生路上，她此刻感受到的所有温暖，这一切不过是一场青春的回光返照，她与他的气数早已殆尽。

7

章兮兮停在了佛罗伦萨郊外的一处酒店，这里只有油画般的风景，她躺在草地上等落日降临，看着手边的书，太阳照得太舒服了，她就昏昏沉沉睡去，睡醒了，就打个滚。一抬眼就看见孤注一掷的夕阳，分不清到底是在看书，还是就活在书里头。不远处有剧组正在拍戏，看着导演一边给演员说戏，一边挥着剧本，她突然想起，自己曾经有过当编剧的梦想。

高三那年，除了考试以外，最重要的话题就是谈论未来专业的选择。薛一笙自从因为近视度数太深被拒绝进入警校后，更坚定了要当法医的决心，无奈薛爸薛妈一直以“不吉利”为借口，屡屡劝说薛一笙放弃。

让人猝不及防的是，居南川竟然在高三这一年点亮了自己画漫画的技能，居爸爸看了他的漫画，虽然私下认为这是小孩子的玩意儿，但是内心还是有点小得意。作为地产开发大户，居爸爸不缺钱，但是钱多了，心里头就有点遗憾，反思居家祖祖辈辈只顾着赚钱，技能点充满了铜臭味，如今儿子竟然有机会成为艺术家，简直是祖坟冒了青烟呀。面对过分自信的居爸爸，老师们不得不拿出居南川只有个位数的成绩单，希望居爸爸从此以后和老师们一起努力，督促居南川认真学习，而不是这个时候搞什么“艺术”。居南川拿着自己的画，有些垂头丧气，站在家里的劳斯莱斯面前觉得生活没有了方向。居爸爸却认为这不是个事儿，大手一挥道："儿子，放心，爸爸从今天起，就开始去打听打听，捐多少钱才能进艺术学院，你放心，爸爸一定努力。"说罢上了车，司机礼貌地冲小少爷点点头告别，开走了车。居南川看着自己画的柯南，心想爸爸真好，点燃了自己的人生希望。

夏漱石已经开始收到了大学的提前录取的机会，一度成了市里的小名人，得到了无数家长和学生们艳羡的目光，在大家猜测中，当事人却一点儿也不急着定下来。他开始一头扎进给章兮兮补数学的事情中，导致章兮兮压力倍增，连吃饭都在背题。让章兮兮钦佩的是，夏漱石押题押得贼准，导致章兮兮的数学成绩在第二次模拟考试中，有了翻倍的增长，其他成绩正常发挥，然而名次却勇往直前，让她得意地向夏漱石"求表扬"。

夏漱石从足球场上出来，按着章兮兮的脑袋，道："你这是背出来的，不是自己的理解，要是没有考到押中的题，你还是跟以前一样惨好不好？"

章兮兮虽然觉得他说的很有道理，但是转眼就给忘记了，一股脑地沉浸在"我好棒"的气氛中。结果当天下午，她就被叫到了办公室。

在办公室里她竟然见到了还穿着店里工作服的妈妈。章妈妈下岗了以后在小吃店里打工，店里的工作服颜色饱和度有些夸张，格外劣质和刺目。章妈妈看见她进来，将成绩单递给了她，压着怒火道："怎么回事？"

章兮兮一头雾水，接过来看了看，正是这次的成绩单，疑惑地问道："什么怎么回事？"说罢，她看了看老师，那个教导主任从班主任后头走了过来，看了看章兮兮，又看了看章妈妈，咂咂嘴摇摇头走了。

"有同学反映你作弊，你解释一下。"班主任说道。教导主任立马又折了回来，兴致勃勃地看着章兮兮，顺带指着章妈妈，阴阳怪气道："你女儿很厉害啊。”

章妈妈满脸涨得通红，对章兮兮道：“考得不好没关系，你怎么能作弊？你知道这样有多丢脸吗？妈妈辛辛苦苦把你养这么大，你对得起我吗？”

“我没有！”章兮兮因为生气，声音有些颤抖。章兮兮觉得自己可以解释清楚，但是面对老师让她讲一遍答对的题目的思路的时候，她怎么也答不上来。她分辩这是自己背出来的答案，并希望当场再背一遍解题思路来证明，但是没人愿意给她机会，都认为这是一场拙劣的表演。

这时候史慧推门进来，走到章兮兮班主任的桌前，给了一只信封，道：“这是你们班章兮兮给我们班夏漱石的信，我希望她不要影响我们班的学习风气。”说罢义正词严地将信搁在了办公桌上。

章兮兮顾不上想这信她从哪弄来的，因为看着那信封上“夏漱石收”正是自己的字迹无疑，想着这扣上了“早恋”的帽子，可怎么办？只觉得血冲脑门，她一把抓住了史慧道：“关你什么事？”

史慧一把甩开她，带着高人一等的眼光，从上到下打量了她一番，又打量了一下章妈妈，带着怜悯的姿态问道：“阿姨，夏漱石已经拿到保送名额了，你女儿还在考试作弊呢。”

章兮兮憋得满脸通红，每根汗毛都竖了起来，她觉得自己和夏漱石又不是朱丽叶和罗密欧，哪有什么配不配的。可是真的被人放在台面上来说，她明白自己没有什么辩解的余地，只剩下气愤和恼怒，失态的样子更加坐实了这封信出自她的手。

“之前一对一补课的时候，人家夏漱石还被你女儿打了后脑勺，你女儿厉害的哟。”教导主任风轻云淡地插了一句。

章妈妈无比失望和愤怒地看向章兮兮，她发抖的嘴唇让章兮兮无处遁形，把头低得更深，不等班主任说话，一个耳光就甩到了章兮兮的脸上，章妈妈说：“又作弊，又早恋，还打人，你怎么这么不要脸？我平常是怎么教你的?”

比起真相究竟是什么，在无助的时候，最亲近的人的指责，更让当事人崩溃和后怕。一向爱哭的章兮兮竟然没有掉出一滴眼泪，她突然很想问妈妈：“妈妈，你能不能不要把我想得这么坏?”她也很想问，“即使早恋了，哪怕真的作弊了，自己真的就是不要脸吗?”她还想说，“能不能不要在这么多人面前打我。”但是最终，她一句话都没有说，她内心突然有点平静。

“她哪里不要脸了? 阿姨，不要脸的是我。”

大家顺着声音的方向望去，夏漱石浑身是汗，显然是从运动场上过来，他气喘吁吁，走了进来，拿起了那封信，道：“我喜欢章兮兮，写过无数的情书给她，为了让她多看我一眼，我不得不考得很好，这样我就有资格名正言顺给她补习功课。她可怜我，才回了一封信给我。你们说，是谁不要脸?”

章兮兮的眼泪喷涌而出，她隔着若干个成年人，向夏漱石看去，他又一次成了她的英雄，在她人生的艰难时刻，他总是游刃有余、毫不犹豫地冲在她前头，这导致她对他的爱夹杂着依赖和安全感。

这事之后，章兮兮虽然没有再被追责，但是流言蜚语满天飞，在她背后指指戳戳的人更多的是女生，而史慧总是在遇见她的时候，带着嘲讽的笑容道：“学习不好，但是勾引男人倒是很在行啊。一个服务员的女儿，也配跟夏漱石在一起?”

章兮兮有时候会问薛一笙：“你说，我到底配不配?”

薛一笙扬起手中的推理书，道：“你知道什么是爱情吗?”

章兮兮摇摇头。

薛一笙又道：“爱情就是，发生的时候，不需要任何推理的过程，这就是爱，越冲动越丧失理智越好。”

章兮兮苦笑着点点头说哦。

薛一笙拍拍她的肩膀道："在逻辑学中，是没有相对这个概念的，所以，这件事情，只有一个人错，就是那个叫史慧的。"

章兮兮扒拉着手指头将信将疑地点点头，又摇摇头。那段办公室的遭遇，仿佛是一场公开的处刑，风波已经过去，她却不知道该如何安放自己。这一切都被薛一笙看在眼里。

三天后，薛一笙和陆展信被教导主任叫进了办公室，他们被卷入了一起"校园暴力"的是非中，章兮兮想这两人互相打起来了？不能够啊。后来从居南川嘴里，才得知了事情的真相。

如果能让怯懦的心灵套上暖和的外衣，或许友情，是最佳人选。

薛一笙是在某一天课间时分，闯入了重点班，见到史慧后，问她："你是史慧吧？你认识我吗？"

正在苦苦做题的史慧一脸懵懂，先点点头，又摇摇头。

薛一笙点点头，随即甩了一个耳光，震惊四座。

史慧被打蒙了，连回应都很慌乱，道："你你你凭什么来我们班？"

薛一笙愣了愣，指了指自己的腿道："凭我有双腿啊。"说罢扬长而去。

很快，史慧就打听到了薛一笙是谁，等薛一笙课间去厕所的时候，堵她在洗手池子边上道："你敢打我？"说着就要打回去，被薛一笙手疾眼快地一把抓住手腕，使得对方并没有得手。

薛一笙又狠又冷道："你是不是要打回来？你就不怕被人看见？你要是想打，我们约个地方，一对一，你敢不敢？"

史慧点头："有什么不敢？"

于是她们出现在了陆展信的琴房。

陆展信回忆这件事情的时候，表示起初很是震撼。因为自己练琴练得好好的，薛一笙闯进来，这个节点的时候，他没觉得有哪里异样，反正她总是突然来写作业，可是这一次她进来后，不但没有带作业本，还先活动了手腕，随后进行了一些热身运动，惹得他不得不停下来问薛一笙怎么回事。

薛一笙还没有来得及回答，史慧就来了，气冲冲推开门，见到薛一笙，双手叉腰，指着薛一笙道："是不是你打的我？"

薛一笙心想多新鲜哪，都见过两次了，难道还要再来一次明知故问的开场？可见对方是个弱智。她冷笑一声，立刻上前，以迅雷不及掩耳之势又甩了一巴掌，再次将对方置于了蒙圈的境地。一边练琴想装作不知情的陆展信也吓了一跳，连琴弦都发出了怪异的声音，不知道该如何帮薛一笙。但是转念一想，女生打架他一个大老爷们插手不大合适，于是调整了琴谱，开始练琴。

史慧看对方袖手旁观，也豁出去了，于是开始挠、掐、抓，手脚并用，两人很快扭作一团。陆展信看薛一笙有些落入下风，琴声有些迟缓，想要上前拉架，没想到薛一笙一边顽强抵抗，一边道："练你的琴，别管我！"好在薛一笙终于占了上风，陆展信立刻换了首欢快的曲子。

最终，史慧披头散发，找到了教导主任，哭着控诉薛一笙和陆展信合谋害她。

事情经过被居南川演绎得栩栩如生，还即兴在黑板上画了分镜图，不得不说，他的漫画技能突飞猛进。章兮兮面对一黑板的"回顾"，泪流满面，被薛一笙感动到无以复加，冲到办公室后发现薛一笙和陆展信已经不见了。夏漱石打听了一番才得知这两人此刻被关在体育馆的库房里写检查呢。

挣脱出薛一笙魔爪后的史慧，迅速梨花带雨地将自己的悲惨遭遇告知了校方，并反复强调薛一笙的行径影响她考试的心情，云云。教导主任迅速"逮捕"了薛一笙和陆展信，当时陆展信正在为薛一笙擦伤口，"被捕"的陆展信还反问了教导主任一句"我一个搞音乐的，凭什么被抓？"，据说他因为说得太过义正词严和波澜不惊，彻底激怒了教导主任。

谁知在“审讯”的过程里，薛一笙与陆展信口径一致，表示不但没有见过史慧，甚至连这个人都不认识，至于她身上的伤是怎么回事自己并不知晓，至于自己身上为什么有伤，那是因为自己听见陆展信的音乐，感动不已不小心挠的。据说陆展信听见薛一笙对自己琴声的赞美的时候，脸色颇为得意，并想要向教导主任补充讲述那支曲子的魅力所在。教导主任不想再跟他俩说任何话，气得直翻白眼。

章兮兮、夏漱石和居南川买了汽水从窗户递给他俩，两拨人隔着墙干了干杯，从库房里传来了陆展信的小提琴声，在那首《信仰》里他们隔墙而坐。章兮兮和夏漱石并肩而坐，夏漱石将她的脑袋按在了自己的肩膀上，她看了看他道：“你为什么到现在还没有定下来，接受哪个学校的提前录取啊?”

夏漱石看了看她手里的饮料道：“把你的饮料给我喝，我就告诉你。”

章兮兮一边说着讨厌，一边递了过去。

“我不想被提前录取，我会去高考的。”

“为什么?!”居南川和章兮兮都愣住了。

“我想和你在同一所城市里念书。”夏漱石仰头把章兮兮的饮料都喝光了。

章兮兮看着他好看的侧脸，笑着低下头，把玩着自己的手指头，认真地说道：“那我好好努力一把，争取考到一个好的城市里，这样不用拖你的后腿。”

夏漱石满不在乎地说道：“嗨，你不用担心，只要你能上大学，我就可以考到那里最好的学校。”

居南川笑道：“我看南京就很不错，有很多学校，文科理科还有艺术学院。”

“还有医学院!”墙那头传来了薛一笙的补充。

章兮兮和夏漱石相视而笑，居南川挠着头看着他俩也呵呵傻笑。

高三这年，陆展信比任何人都忙，他的艺考率先拉开序幕，拿过众多奖项的他，婉拒了校方推荐他去国外音乐学院的名额，国内重点的几所音乐学院也都对他伸出了橄榄枝，他压根不像去考试，好像办了一场巡回演出。

章兮兮在了解到艺考的流程后，突然发现自己可以试着考考艺术学院的编剧导演之类的专业。她问薛一笙自己有没有可能成为一名作家或者编剧，薛一笙鼓励了她，认为一切皆有可能。章兮兮告诉妈妈想要去考艺校的时候，章妈妈愣了愣，随后表示如果她愿意去考也是可以的，最后婉转地问了问要多少钱，要不要请个补课老师什么的指导一下，她问问题声音越来越低，越来越没底气，让章兮兮明白这条路其实不该选择。于是她故作轻松地表示“我只是说着玩玩啦”，章妈妈松了一口气，看了看她，忍不住道：“你是妈妈后半生的希望，当不上编剧也没有关系，只要你争气，你爸爸就一定能看见，会回心转意的。”

章兮兮抬起头来看了看妈妈，自从办公室事件后，母女二人的相处变得十分“礼貌”，她们谁都不知道应该如何向对方交流内心的想法和情绪，避而不谈成了最容易的相处之道。但是那次办公室事件之后，她开始对妈妈一贯的行为产生了怀疑。为什么自己争气爸爸才会回心转意？难道爸爸是因为自己学习不好才离开家庭的吗？明显不是，但是妈妈为什么要将这些都算在自己的头上呢？他们之间到底是哪里出了问题？她想了想，依旧没有答案，但是却偷偷去了网吧，查了查，哪个大学学费最便宜。

春天到来的时候，传来了陆展信在艺考过程中，某教授当场就看中他的消息，不过，章兮兮他们等来的却是陆展信住院的消息，大家都认为是他太拼了透支了身体的缘故。章兮兮和妈妈去看过他几次，薛一笙借着和章兮兮一起的理由，前往探望，不巧的是每一次他都在睡觉，因此她们都被家长挡了回去。只是某天晚上，陆展信的小姨来她家与章妈妈聊天，说到动情处，小姨潸然泪下。章兮兮在屋内做作业，隐约听见对方在说什么先天病、说走就走之类的关键词，她扒在门上听了好久，大概总结出来：陆展信有先天遗传病，因此从来不上体育课，这次因为艺考太累，病倒了，发现了病变，不过好在控制住了。她立刻将这件事情告诉了薛一笙。

那天傍晚的夕阳，洒在薛一笙和章兮兮的肩膀上，她们来到好久不来的河堤上，看着太阳，薛一笙没有什么表情，一如既往的冷漠脸，章兮兮不知道该怎么开口安慰，就一直陪着她静默着。沉默了许久，薛一笙看着夕阳下的天空，突然说了一句不搭边的话：“长这么大，头一回发现太阳下山的时候，真的会难过。”

陆展信的先天病至今也无大碍，但是这个消息改变了薛一笙的人生。那个立志做法医的姑娘，在填报志愿的时候，选择做一名医生。人生的转折点，总是在猝不及防的时候出现，回过头来想才恍然大悟：啊，原来那个时候是转折点啊。

8

傍晚时分，章兮兮回到酒店，看见正在举办婚宴的新人们，笑着向对方祝贺了两句。服务员告诉她餐厅被包场了，不过酒店公用的书房在这个时候很清静，他们可以为她安排用餐，问她是否介意，章兮兮表示可以。

巴洛克风格的书架做成的三面墙壁，窗户外头的风轻轻吹起纱帘，在等待晚餐的间隙里，她浏览起四周的书，乐谱、传记、诗歌、剧作满目可见，章兮兮心想这真是个足够浪漫的民族了，常见的成功学、鸡汤学倒是打着灯笼也没见到一本。她被自己的想法逗乐了，不远处的服务员看见，好心地上前，领着她来到专门放着两排中文书籍的区域，并告诉她这里有些是华人留下来的，中文书虽然少，但也是有一些的，希望章兮兮不要因为看不见中文而感到孤独。章兮兮为了不辜负他的好意，便开始寻找一本“下饭”书。在此刻安静的书房内，她走在地毯上的脚步声都清晰可见，翻开的书页都能掀起空气中的灰尘。章兮兮就是在这个时候，眼睛的余光瞥见了一本熟悉的书，那是《挪威的森林》中文版，这本书的封面和版本，与她当年看的那一版别无二致。

2003年“非典”暴发，他们虽然上课照常，但是周围的气氛十分紧张。首先是校方在升旗仪式的时候宣告了今年澳大利亚学校交换生不来了，大家一阵窃窃私语，更有人在队伍中说“2012年是世界末日”。

薛一笙转身对队伍中的声音道：“你的推理没有依据。”

那声音嘟囔道：“就你有依据。”

众人笑，惹得外班的队伍频频看向他们的方向，气氛一下子活跃了起来，仿佛校长是在另一个世界里发言，干扰了他们聊天。

居南川插嘴道：“我隔壁邻居从广东回来，没进家门呢，就被警车拉走了去医院检查。”

“啊？为什么是警车不是救护车啊？”章兮兮问道。

“细节的事儿你就别管了。”居南川大手一挥，不小心挥到了后头的人，扭头一看，正是教导主任。刚刚热络的氛围一下子跌到冰点，居南川只想着这下子要被喊家长了，内心很是不安。

那时候的“非典”并没有影响高考的时间安排，这让家长们松了一口气。倒是薛一笙认为这是命运的暗示，让她成为一名救死扶伤的好医生，因为国家需要她。

章兮兮则努力攻克数学，老师预测她只要提高三十分，考上985不成问题，但是章兮兮觉得自己已经竭尽全力才取得了现在的成绩，别说三十分，三分也很难。有时候她看不下去书，就去图书馆待着，看些“闲”书，如今因为“非典”，图书馆也不开放自习区域了。怕借的闲书被家人老师发现，她就带着面包和水，在晚自习前吃饭的时间里，躲在书架之间看。虽然面包不大好吃，但是书架间漏下的阳光，和时不时会出现的夏漱石送来的奶茶，让那段日子镶上了金边儿，在记忆的相册里，熠熠生辉。

陆展信的录取先于大家，在众多院校中他最想去的是北方的那所高校，但是受到了家人的阻止。听亲戚们讲，因为陆展信的身体问题，他不能待在过于干燥的环境。最终，陆展信选择了上海音乐学院。最先尘埃落定的陆展信，俨然成了这五人小组里的佼佼者，没有烦恼的他，除了没事就拉小提琴外，也会去图书馆帮帮老师的忙，完全成了风靡学校的风云人物，更有学妹们，为了一睹他的容颜，多次前往图书馆并反复借书。

原本邀请薛一笙和自己一起看闲书的章兮兮却遭到了拒绝。“当务之急不是和那些学妹比谁多看了陆展信一眼，而是要努力考上上海的大学，这样我就有更多的理由和陆展信在一起，你觉得呢?”章兮兮听薛一笙这么说，恍然大悟，不得不伸出大拇指，认为薛一笙任何时候都能看清生活的真相，并排除一切干扰，这大概就是书中所说的“智者”了。

不久后，传来的居然是居南川被南方某艺术学院录取的事情，瞠目结舌的人包括了居南川自己，大家前来祝贺的时候，他还一脸蒙，等缓过神来，才偷偷说道：“不知道是不是爸爸给人家捐了钱。”

章兮兮和薛一笙感慨地摇头：“你爸爸好努力啊。”

这天晚上，章妈妈加班回来，给还在做题的章兮兮冲了一杯牛奶，慈爱地摸了摸她的头道：“我听说你们学校不少艺术生的录取结果都差不多定下来了?”

章兮兮看见妈妈生出的白发，怕她自责难过，赶紧打趣道：“是有几个，我看啊，也就是陆展信凭实力，别的嘛，哈哈哈，都是土老板捐款捐出来的。”

章妈妈的笑容有些尴尬，忍不住道：“人家都说，六月高考靠孩子，七月高考靠家长，妈妈没什么本事，家里情况你也知道。听说你爸爸去了四川，我还没有联系上，不知道他那边能帮你多少……”

章妈妈碎碎叨叨说了一气，看似唠家常的话，字字都落在了章兮兮的心上，她的内心不像外表一般大大咧咧，这下子心理负担更重了，却强颜欢笑装作不在乎道：“没事的，妈，咱们七月份就靠神仙保佑吧。”

章妈妈被逗乐了：“好，我明天就烧香。”她看着女儿的笑容，心里舒展不少，白天在店里被顾客刁难的事情，也缓解了，“妈妈当初不让你去报考艺术生，你别怪妈妈。”

当初章兮兮想试试各个艺术学院的戏文专业，希望以后当个编剧，研究后发现艺术生的考试模式与正常考生不同，而且需要花费大量的人力财力，这两样章兮兮都没有，所以她当初鼓起勇气提出后，章妈妈刚刚质疑，她就立刻表示只是说说。自古母女连心，章妈妈又岂会不知道章兮兮背后的心思，奈何真的是捉襟见肘的家境，无法支持她的梦想，连试试的可能都没有。

章兮兮安慰道：“没事，妈，我查过了，将来学中文系也一样，很多学校都有中文系，到时候我要是感兴趣，我还可以多学一些戏文系的专业课。”

章妈妈欣慰地点点头：“有你这样懂事的女儿，你爸爸一定会后悔的。”

六月高考结束后，本以为会进入狂欢模式的章兮兮，却发现了闷闷不乐的夏漱石。一向爱贫嘴爱捉弄人的夏漱石躲在家里不见人。章兮兮推测他可能是没有发挥好，一想到这，她就比谁都难过。夏漱石是为了她才放弃保送名额的，为的是将来可以和她去同一个城市，被保送的学校都是数一数二的，他若是错过得多难过多可惜。虽然章兮兮觉得自己考得也很一般，但是毕竟离成绩出来还有一个月，想着不管如何，一定先要让夏漱石心情好一些才行。

这天下午，夏漱石颓废地待在卧室里打游戏，听见外头飘来了一段悠扬的小提琴声，他想了想，没吱声，没想到随即一块砖头砸碎了他的窗户，他叹了一口气，放下手柄，起身拉开窗帘，果然看见了正在拉小提琴的陆展信，随后目之所及便是傻乎乎地站在草坪上张望着的章兮兮，他颓丧的心情竟然消失了大半。他推开门，走到阳台上。

章兮兮喊道：“他来了。”

居南川赶紧将准备好的气球都放飞起来，气球上还写着夏漱石生日快乐的字样，东扭西歪地缓缓升了起来，章兮兮冲夏漱石猛挥手，随即又对陆展信打了个响指，音乐声变成了《祝你生日快乐》。接着章兮兮不知道从哪里捧出了蛋糕唱着走调的生日歌，生怕夏漱石看不见生日蛋糕，于是高高举起，一直到举过头顶，谁料没拿稳，直接反扣在了自己的头上，堪称——震惊四座，连琴声都戛然而止，一旁负责给气球充气的薛一笙，正在收拾工具，看见这一幕爆笑起来。夏漱石也忍不住笑了起来，他随手接住了飘上来的气球，系在了阳台上的栏杆上。

比起这样的出丑，章兮兮更是心疼这个蛋糕，这可是她用自己的私房钱买的哈根达斯的蛋糕，还是冰激凌呢，这下便宜了自己的脑袋，而且还凉凉的。此刻她站在原地不知道如何是好，只见夏漱石冲着她的方向指了指她身后，一头蛋糕的章兮兮好奇地转身望去。

一位打扮优雅的中年妇女从私家车上下来，看见了这一幕，嘴角轻轻一笑，冲他们优雅地点了点头，只听见夏漱石故意大声叫了一声——“妈”，夏漱石随后又恢复了本色，口齿清晰地说道：“章兮兮，你别走。”

章兮兮顶着一头奶油转身没走几步，只好停下解释：“我……我回去洗头。”

夏漱石快步冲出来，一把抓住章兮兮的手，不管章兮兮怎么抽，他就是不松手，还对大家道：“大家先来我家坐会儿，吃西瓜，等她洗完头，我们一起出去吃晚饭，我请客。”

居南川笑道：“我请我请，我有钱。”

在院子里的洗手台上，章兮兮被夏漱石按着头狂洗了一通，心里头恨不得找个地洞钻下去。水哗啦啦地冲在章兮兮的脑袋上，夏漱石还不忘从她脖子处刮了点奶油尝了尝：“味道不错嘛，哎，你耳根子怎么红了？”夏漱石玩笑归玩笑，洗头的动作倒是很温柔，打了两遍泡沫，第二遍的时候，夏漱石还在拿她逗趣：“你这行为艺术可真新颖脱俗。”看见章兮兮甩了甩头以示不满后，补充道：“你这个头甩的吧，有点像狗狗落水爬起来后甩毛的样子。”

章兮兮气得抬起头、直起身给了他一拳，水淋淋的头发上还有未冲洗掉的泡沫，小院子的草坪上站着前来送毛巾的夏妈妈，她的嘴角又一次优雅地弯了弯，随后将毛巾递给了章兮兮，道：“要是觉得还没有洗干净的话，可以进里屋去洗个澡。”

章兮兮赶紧接过来道谢：“好的好的，哦哦，不了不了，谢谢阿姨。”

夏漱石在一边偷着乐。等夏妈妈到客厅去招呼小伙伴们，章兮兮恼怒地用毛巾擦了擦滴落在脸上的水珠，想想又气，转身从水盆里捞起一些泡沫抹在了夏漱石的脸颊上，正要笑话他，只觉得身体突然离开了地面，夏漱石猛地将她拎起来，放在了水台上，带着甜蜜和调戏的表情，刮了刮她的鼻子道：“章兮兮，第一次见婆婆的心情怎么样?”

章兮兮此刻心情堪称乱七八糟，还没从见夏妈妈的紧张状态里缓过神来，又与夏漱石靠这么近，竟然被问了这样的恶作剧的问题，气得要推开他，谁知夏漱石反倒一把稳住她不让她动弹，狠狠地吻了上去。带着一丝清凉的夏日傍晚，空气中还有打闹时候未散去的泡沫，在夕阳下闪着斑斓的色彩，散发着冰激凌的味道。章兮兮的心情像极了被夏漱石系在阳台栏杆上的气球，飘啊飘啊飘。

这天其实不是夏漱石的生日，但是买蛋糕一定是在过生日的思维定式局限了章兮兮，薛一笙便大手一挥提议道：“那我们就将今天当成他的生日吧。”章兮兮点头称是。原本章兮兮打算霸气地回复夏漱石“今天又不是我生日”的问题，没想到压根没有派上用场。而此刻在夏漱石家客厅吃着西瓜的小伙伴们，吹着空调，也压根忘记了这件事，商量着等会要去哪家吃东西，居南川无意中看见了这一幕，惊讶的目光随即躲闪了开去。

傍晚的夕阳洒在宽敞的客厅里，也洒在章兮兮的脸上，吃完冰激凌的小伙伴们打闹着要去新开的必胜客吃东西。章兮兮装作什么事情都没有发生，在门口系鞋带，夏漱石则从家里的书房里，取出一本《挪威的森林》塞给了章兮兮道："我在贝塔斯曼上订的，喏，你会喜欢。"

章兮兮满脸通红，头也不抬，硬要装作十分自然的样子接了过来，还道了声谢谢，殊不知谢谢两个字充满了颤抖，让一旁前来换鞋的薛一笙忍不住多看了几眼。

这一切都落在了夏妈妈的眼里，她换了一套居家服，依旧优雅得体，带着恰到好处的嘴角的弧度送孩子们出门，目光落在章兮兮身上稍加停留了几秒，不露声色地又移开了去。

章兮兮其实感受到了夏妈妈的注意，但是她不知道如何回应，只好老老实实地笑了笑，她想起章妈妈递给她擦头发的毛巾，那么崭新、那么柔软，比章兮兮家里用的要高级许多。她临走前转身看了看夏漱石家的模样：三层小洋楼，顶层还有个尖尖的小阁楼，像极了她在书里读到过的小阁楼的模样，精致的装修，整齐的草坪，连洒落的阳光都显得精致起来。她有些奇怪，这不是头一回见到夏漱石的家，从前有几次拿作业也在门口逗留过，就在刚刚，在拎着蛋糕来的时候，她分明停留了那么久，却压根没意识打量过这里，也没有觉得哪里不对。

章兮兮回到自己家里，逼仄的空间和斑驳的墙皮，让她倍感局促，等到妈妈下班回来，她才犹豫着开了口道："贝塔斯曼俱乐部，可以网上购买书看，很划算，而且很方便，只要四十块……"

章妈妈满脸疲惫，强打着精神道："又要买书吗？你去图书馆看不好吗？不是给你办了卡了吗？"

章兮兮又道："有时候书不够及时，新书都要等很久，运气不好，新书即使到了，也被别人借走了。"

章妈妈叹气："要多少钱？"

看见妈妈疲惫的表情，章兮兮佯装没事，道："其实不去加入那个也行的，我去图书馆看看书就好了。"

章妈妈欣慰地点点头。

章兮兮又道："妈，反正暑假，我也去打工吧？"

章妈妈有些不舍，又有些感动，许久才带着些许愧疚点了点头："你终于长大了，懂事了，你爸爸要看见你这样一定会后悔的。"

章兮兮回到自己的房间，在台灯下，翻开了《挪威的森林》，看了几页，她又合上，心里乱得很。她想起了夏漱石热烈的吻，她想起来那条柔软的毛巾，她想起了那宽敞而明亮的房子与自己之间的距离，又何止是这一座挪威的森林呢？她突然眼眶酸痛，只是想流泪，她想为什么要爸爸后悔？为什么家里一定要爸爸不可呢？毕竟爸爸他，早就不想念自己了呀。

夏漱石不是头一次送她书，可是为什么这本书却让她心烦意乱起来？她又一次翻开这本书，翻了几页又合上，她趴在了这本书上，想起了傍晚时分的那个吻，此刻月亮已经升起，长成夏漱石的模样挂在空中，温柔又有趣。她想起与他过往的种种，忍不住笑了起来。这时候又一次感受到了高中毕业的好处，这下子，他们可以光明正大地在一起了吧？她可以和他牵手走在未来的大学校园里，她可以坐在他的单车后面，她还可以大胆地抱住他的腰，她可以在他踢球后给他送饮料……她要的这些再普通常见不过，正应了那句"当时只道是寻常"，好在那时候她觉得这一切都不寻常，充满了生命力的张扬和美好，荡漾在她的期待里，久久、久久不能平静。

那一晚之后，章兮兮一直没有再有机会再读村上的这本书，她最终竟然对这本书有了PTSD一般的反应。如今在相隔几万里的异国他乡的一家酒店里，见到记忆中的这个版本，她思绪翻涌，感情十分复杂，它不仅仅是一本书，是她与他的记忆中不可抹去的记忆锚点。后来她将这本书还给了他，当时他们在冷战，她气呼呼地还，他气呼呼地拿走，后来和好了，大家就把这书的事儿给忘到脑后了。如今章兮兮看见这本书，全然忘记了有关这本书的争吵，记得的都只是伴随着这本书的动人和美好。

侍者给章兮兮倒了一杯酒，让她试试，章兮兮抿了一口表示满意，示意他继续。如今这本书就放在她面前，她感情复杂地叹了一口气随后打开了它，她打算今晚一定要鼓起勇气去读一读，翻了一两页后，她突然觉得这本书与夏漱石送给自己的那本实在太过相似，随后她怀疑自己是喝酒上了头，一定是心理作用的缘故。侍者上了开胃菜，章兮兮一不小心将书滑落到了地上，侍者连忙捡起，下一刻侍者又俯下身去，捡起了一张折叠的纸片，递给了章兮兮："这是书里落下的。"

章兮兮接过这片小纸片，只觉得脑子嗡了一声，手尖情不自禁地颤抖。不对，不是喝酒上头，也不是心理作用，这本书、这张纸条都很熟悉，再熟悉不过了！这分明就是夏漱石借给她的那一本，而这张纸条……她颤抖地将纸条打开，她看到了纸片上熟悉的字迹，眼泪再也无法控制，喷薄而出。那纸条早已泛黄陈旧，上头的字迹虽然褪色，但是稚嫩的笔迹将她的心生生拽出来了一块，那纸条上只有三个字——章兮兮。是夏漱石的字迹，她抄过他那么多作业怎么会不认得呢？这张纸条，正是当初他为了"特意"辅导自己功课，在抓阄时做的手脚，他将写有章兮兮名字的纸条放在了手里，并没有放到抓阄的盒子里去，正是这张纸条！他来过这里，他来过这里！这本书就是他的。

章兮兮起身追上了侍者，侍者看见泪流满面的章兮兮，以为是餐点出了问题，十分紧张。章兮兮却指着这本书，急切又激动地问道："你们有没有捐赠书的客人的名单？这本书原来的主人，是我的爱人。"她抽噎着停顿了一下，又补充道，"曾经的爱人"。

侍者露出关心又惊喜的神情道："这太不可思议了，小姐，您等一等，我帮你去查。"

不一会，侍者捧了厚厚的两本大书本来，解释道：“小姐，我们无法向您透露客人的信息，这是我们酒店的规定。”随后狡黠一笑，“但是，对于漂亮的女士，我们怎么能辜负呢？这是三年来的留言簿，这都是公开的，很多客人会在这上面留言，我想，既然曾经是你的爱人，那您一定可以认出他的笔迹吧？”

章兮兮感激地点头，迫不及待地接了过来，留言簿的封面是充满巴洛克风格的镂空雕刻，很沉，她捧不动，索性就跪坐在沙发旁翻看起这两大本留言簿。有各个国家的客人的留言，也有中国的，上头有写着快乐、苦恼、思念、甜蜜……她翻了很久很久，终于见到了最熟悉的字迹，上头写着——

为什么陪你走到最后的不是我

新婚快乐

章兮兮

祝你幸福

章兮兮的指尖划过每一个字，生怕自己看漏一个，她的指尖停留在被划去的新婚快乐四个字上，落款正是她结婚的那一年。他与她的重逢，隔着数年的时光，落在这本留言簿上。章兮兮趴在了这张巨大的牛皮纸的留言簿上，失声痛哭，她的眼泪打湿了这一页厚厚的纸，她哭着哭着突然觉得也没有什么是放不下的，她默默地想道：“漱石，也祝你幸福。”

9

佛罗伦萨地处托斯卡纳区，电影《托斯卡纳艳阳下》正是讲述了这一区域内的太阳。比起人声鼎沸的市区，它的周边小村镇又是另一番风格，绵延起伏的海浪般的山丘，郁郁葱葱的绿、五彩斑斓的光、闲庭信步的人……章兮兮坐在起伏的山丘凹地里尽情地晒着太阳，不远处有当地的居民拉着小提琴，琴声偶有不连贯，虽然不那么专业，却正好与天然去雕饰有了呼应，与自然显得更加融洽。

章兮兮摸着无名指曾经戴过戒指的位置，她想起第一次被人戴上戒指的情形，那不过是枚再普通不过的用饮料吸管的塑料包装袋制成的戒指，像极了他们当初初生牛犊不怕虎的青春，时光易逝琉璃易碎。

伴随七月到来的是关系到千家万户命运的高考录取通知书，章兮兮和薛一笙并没有出现考砸了或者超常发挥的结果，和平常的水准差不多。薛一笙比她梦想的那所医药大学分数线高了十分，凭借运气她决定赌一把，报考了那所大学的西医外科。章兮兮则懂事地选择了南方的一所师范大学，虽然依旧没有父亲的消息，但她决定开启暑期打工生涯，为妈妈减轻一点学费的负担。

夏漱石则是在度假回来的途中查到了消息，厄运总是在最关键的时刻颠颠跑来，招呼也不打。他的分数成了这一届高考最热门的话题，除了讨论自家孩子的成绩外，没有什么比一个优等生的滑铁卢更值得被关注了。要知道720分的总分，夏漱石模拟考试中最差的一次考了680，结果如今他只有600出头的分数，虽然比一本分数线高了不少，但是与之前向他伸出橄榄枝的重点大学可以说是无缘了。倒不是他为了章兮兮故意考这么低，而是他英语选择题填错了一行，答题卡填写失误，导致英语惨败。夏漱石也很蒙，蒙得差不多了，就去主动找了章兮兮。

章兮兮在当时最时兴的服装店美特斯邦威打工，薛一笙隔三岔五地去看她，有时候就坐在货架边上看小说，那时候她迷上了京极夏彦，看的是昏天暗地不可自拔，经常把自己看吓着了："但是我一抬头看见周杰伦，心里就觉得特别安定。"薛一笙解释说。

"周杰伦是周杰伦，不是个菩萨好吗？"章兮兮劝说她摆正周杰伦的位置。

"一千个人心中有一千个周杰伦。"薛一笙辩解道，随即头就被人一按。

陆展信提着琴盒走上前来，笑道："周杰伦成虚拟人物了啊？你想他是什么就是什么了啊？"陆展信笑容明媚，带着几分温柔，能把冰激凌融化。

章兮兮一边拿过结了账的工资两百二十块，心生发大财的错觉，一转身，看见了满头大汗赶来的夏漱石，大家顿时安静了下来。夏漱石随意地擦了擦汗，拉起章兮兮的手走出门外，在周杰伦的海报前停下，开门见山地问："你报考哪里了？"

章兮兮将自己报考的大学说了，又补充道："你不是出去旅行了，说后天才回来吗？"

夏漱石强颜欢笑道："这不是着急吗？"

章兮兮知道他着急的背后含义，一定是看见了自己的成绩后，全家人连忙回家来讨论对策的事情。这段时间里，她是自责的，毕竟夏漱石为什么选择考试而不是接受保送？为的就是将来两人能在同一座城市。但是如今，章兮兮填报志愿的那所城市，最好的大学分数线比夏漱石的分数高不少。夏漱石好像看出了她的心思，揉了揉章兮兮的头顶，道：“没事，你不必自责，是我自己大意了。”

“复读呢?”章兮兮追问道。

“得了吧，复读干吗啊?”居南川不知道从哪冒出来的，插嘴道，“再说了，你下回不填错英文答题卡，会不会填错别的卡”？从逻辑上看，好像很是在理。

薛一笙从外头出来踢了居南川一脚，道：“你怎么知道我们在这?”

居南川揉着腿，对陆展信抱怨道：“你看看这个女的，还想当医生哦，这么凶猛，一点都不温柔，过于坚强。”

陆展信笑道：“不坚强怎么当医生啊。”接着又问道：“你不是说今天有事吗，怎么来了?”

居南川挠挠头道：“的确是有事，我妈让我给我姨送点吃的。”说着指了指自己手里的一袋子咸鸭蛋，补充道：“这家店是我爸爸开的，我姨在这里当店长。”

众人忍俊不禁，心想这个居南川炫富真是炫得不让人讨厌，也真真是种本事。

夏漱石着急回去填报志愿，与章兮兮说了两句便匆匆作别。章兮兮和薛一笙要去吃麻辣烫，居南川非要跟着去，大家揶揄他身为富二代不要吃平民的食物，打打闹闹往外走，经过周杰伦海报的时候，向来不追星，只爱古典音乐的陆展信瞥了一眼，道：“怎么冯巩还做代言了?”薛一笙冲上去就是一顿猛打。

夏漱石最终还是实现了他的梦想，和章兮兮在同一座城市里读书。章兮兮被师范大学汉语言文学专业录取，而夏漱石则被那里很好的理工大学的建筑系录取，薛一笙也如愿以偿进入了医学院的西医外科，居南川也和他们在同一座城市。唯一遗憾的是陆展信在上海，不过靠得也近，用现在的话说，都是包邮区。

他们四个人开学日期相近，都在同一天出发，就是在出发的时候穿插了一点点小插曲。

凭借漫画和家里财力考上了省城艺术学院的居南川，成了世代从商的居家的骄傲，用居爷爷的话说“做梦也没有想过家里出了个艺术家”，虽然爷爷奶奶如今老眼昏花，但是坚持要送孙子去上学。居爸爸居妈妈更是不用说，不仅仅大摆谢师宴，还给名下所有企业的员工们发了红包，接受了最大范围内的祝福。居南川的小姨、姑姑、舅舅等，都看着居南川长大，如今更是与有荣焉，纷纷表示孩子开学是大事，怎么能不去。这就苦了居南川，他原本打算和小伙伴一起坐大巴去省城，他连吃的都买好了，万万没想到不仅仅没有和小伙伴们一起坐车开学，送他的车队排场比旁人结婚还大，一溜的豪车整齐划一地开到了艺术学院里，也不知道算不算行为艺术的一种。

薛一笙和章兮兮两人被家长送到了车站，好一阵子作别后，她们才终于上了车，确定章妈妈走后，章兮兮又下了车，果然见到不远处走来的夏漱石，她颠颠地跑过去，两人忍不住短暂地拥抱了一下，随后夏漱石给了她两瓶饮料，两人说了点有的没的，章兮兮才发现夏漱石的行李没有带，有点紧张地赶紧问道：“漱石，你的行李呢?”

夏漱石反而有些不好意思，道：“我爸妈说要送我过去，你跟我一起坐车走吧？反正都是一个城市。”

章兮兮这才注意到不远处，夏漱石的妈妈站在那里，一如既往的优雅。章兮兮再一回头，看见了正在大巴上看小说的薛一笙，她不想丢下薛一笙，况且，她也不知道这路上的漫长时间她要与夏漱石的家里人如何度过，所以摇了摇头，但是又有些埋怨：“不是说好的一起走的吗?”

夏漱石伸手想揉章兮兮的脑袋，章兮兮让了过去，不愿意给他摸摸头，有些不甘心，毕竟她也准备了和夏漱石一起看的书、一起吃的零食，还有很多很多无意义的话，心里头觉得格外扫兴。夏漱石拆开饮料的吸管戳进饮料盒子里，随后拿起了吸管的塑料包装袋，绑在了章兮兮的无名指上，苦于不会打蝴蝶结，便打了一个死结。章兮兮被他逗乐了，还没有反应过来，夏漱石就捏着章兮兮的两颊，将吸管塞进了她的嘴里，道："我安顿好了就去你学校找你。"

章兮兮点点头，又噘嘴道："切，才不稀罕。"

夏漱石捏着她的两颊道："记得哈，帅哥都不是好人，只有我最好，又帅又好。"

章兮兮乐了，虚踢了他一脚，两人才恋恋不舍道别。

章兮兮的大巴驶出车站，在等红绿灯的时候，她看见了停在一侧的夏漱石家的车，夏漱石也看见了她，两人隔着窗户互相看着对方，夏漱石抬起自己的手示意要看看章兮兮的手，章兮兮立刻明白了，也抬起了左手。虽然手指上是透明的塑料包装，但是两人都能看得见，两人都很欢喜，就在车子发动的一刹那，章兮兮手指上的那个塑料圈圈断了，她弯腰去捡，再直起身的时候，夏漱石的车已经开远了。章兮兮莫名有些伤感，总觉得这是不好的预兆，可是这塑料包装袋本就不结实，就在她进行激烈的思想斗争的时候，后座的一个人拍了拍她的肩膀，她一回头，吓了一跳。

"林晓森?!"

薛一笙也转过身去，露出了吃惊的表情："你怎么也在这?"

林晓森乐呵呵地道："我也去N市上学啊，我在审计学院，你们呢?"

"师范……"章兮兮刚说了两个字，就被薛一笙按下。

薛一笙故意打趣道："你该不会是明知故问吧？我说，林晓森，你是不是还没有死心啊?"

这一说让大家想起高中时候的往事，那时候林晓森给章兮兮献过几次殷勤，后来大概是忙于学业，又或者是看见了章兮兮和夏潄石才是一对就放弃了，也算是堂堂正正的君子了。

薛一笙这一问，让章兮兮反而不好意思起来，倒是林晓森落落大方，笑道："看来是命运给我了第二次机会。"说罢，从行李包里翻出来一本宫部美雪的小说递给了薛一笙，道："这本书最新的，看过没？"

薛一笙看了一眼，高兴地接了过来，道："你该不会转移目标追我了吧，我可告诉你啊，我已经心有所属了。"

大家笑了起来，气氛一下子轻松了。几个人聊了聊，才知道林晓森考到了审计学院的审计专业，这个学校的审计专业属于全国的TOP5，这个专业的分数线，比这个学院的分数线几乎多出七十分。

"能跟数字打好交道的人真让人羡慕！"章兮兮由衷地感慨。

林晓森挠挠头脸都红了，薛一笙见他这样，补充道："她就是随口跟你客气客气，你可别当真。"

章兮兮立刻明白过来薛一笙的意思，心想可别给林晓森不好的暗示，也连连点头附和，结果林晓森的脸更红了。

三人有的没的聊了一路，等到了省城的汽车站外头，林晓森自称家里的亲戚过来接，竭力邀请薛一笙和章兮兮一起，可以分别送她们去学校，章兮兮和薛一笙想了想觉得也没有什么不妥，便答应了下来，一路上还继续聊着大巴上的话题。

很久很久以后，林晓森家里的那位司机再看见章兮兮的时候，一眼将她认了出来，并且告诉她："晓森他啊，去上大学的时候，为了追你，跟你一班车不算，还让我开车跟着，装着是省城亲戚在车站门口等你们。"

章兮兮对林晓森充满了感激和愧疚，之所以感激是因为她人生里第一次被人表白就是因为林晓森，也正是林晓森间接地让她和夏潄石明白了彼此的心意。林晓森的爱是直接的，带着少年的意气风发，又带着他与生俱来的自信，觉得自己只是没有正儿八经地出手过，一旦出手，结局怎么样，还得另说了。所以在大学城市的选择上，不是只有夏漱石一个人想要和章兮兮在一个城市，林晓森也是，在接下来的四年里，他的努力并没有白费。

章兮兮在太阳下睡着了，醒来的时候，秋意正浓的托斯卡纳宛若一幅油画。章兮兮张开手，看着阳光从手缝里洒落下来，哪里的一年四季不美呢？对于要告别过去的人来说，哪里的落叶不值得欣赏呢？成年和少年的区别是什么呢？前者愿意体验变数带来的感受，随遇而安。而后者呢？后者偏偏要问个为什么，得知了原因后还不够，还会用实际行动去实践四个字——偏要勉强。

10

章兮兮从佛罗伦萨前往博洛尼亚的火车上，手机被偷了，好在近期的照片都已经备份在了云端，所以也不太在意，并有了种解脱的感觉，原本夜深人静的时候，她还会想起何昭的碎碎念，想着回去如何面对他，这下子好了，手机被偷啦，她也没办法联系人啦！想到这里，她忍不住转了个圈儿。

博洛尼亚美术馆外头的长廊上，有滑滑板的少年穿夕阳而过，滑轮的声音仿佛能与时空共鸣，章兮兮侧身让了让他，那少年微微一笑，带着羞涩和意气风发越过她。不远处的餐厅门口，有个打扮落魄的年轻人在拉小提琴，托陆展信的福，章兮兮听出来那是维瓦尔第协奏曲之一的《春天》，她想起陆展信，也不晓得他的巡回演奏会开得如何了，应该这几天是最后一场了。

陆展信是在演出台上晕过去的，他倒下去的一刹那想起的是自己高中的某一天，薛一笙在他的琴房里和一个女生约架，他已经不记得是为什么了，如今想起来，只是觉得很好笑，所以被抬上救护车的时候，嘴边是挂着微笑的。

薛一笙是在三个小时之后从论坛上得知陆展信出事的，那时她刚刚结束了一场颅内动脉瘤夹闭术手术，手术非常成功，甚至收获了护士们的掌声。读完硕士的她终于在而立之年后成了越来越有经验、被同行尊敬的神经外科医师了。甚至因为常常 领导、爱给小护士讲推理故事，收获了一票迷妹，小护士觉得她特别飒，常常给她送咖啡送甜点，就为了听她心情好的时候，瞎说八道的那些鬼话。谁也不知道，她还有另一个身份，是陆展信乐迷群的群头，虽然她在别人骂陆展信的时候还带头骂，竟然给陆展信硬生生地杀出了一条“明星”之路，粉丝们都戏称她们自己才是陆展信的“最大的黑粉”。

薛一笙下了手术台，一边做着滴漏咖啡，一边看手机逛论坛，想看看陆展信的表演又会收到怎样的花式吹捧，谁知道论坛上铺天盖地都是关于陆展信晕过去的新闻和各路消息。水壶里滚烫的水漏了出来，她毫无知觉，她心里浮出最不好的预感，这种预感一寸寸爬上她的头皮，让她不得动弹，愣在那里足足有一分钟，直到隔壁的小护士过来问她借推理小说看，她突然夺门而出。

比起夏漱石少年时候将爱的方式表达成搾她逗她损她和偶尔的暖心，陆展信对爱的表达相当直接和冷静，他从头至尾一直坚定地告诉薛一笙：“我这种情况，找谁就是害谁，你可千万不要爱我，我们只是好朋友，永远。”

薛一笙起初是反驳的，用的都是章兮兮教她的措辞，什么“爱是奇迹，可以跨越一切”“只要彼此相爱就能创造奇迹”之类的话，陆展信通常听了一句开头，就自顾自地继续练琴，搭理都不搭理薛一笙。后来薛一笙怒斥了亦舒等人毫无实战经验后，一把夺走了陆展信的小提琴，开门见山地问道：“不就是会死吗？那又怎么样呢，你“跩”什么啊？死这玩意儿谁不会经历咯，就你厉害就你与众不同？”陆展信愣住了，竟然发现无言以对。

后来薛一笙又表白，又被拒，被拒绝的理由还是陆展信第一次跟她说的。薛一笙气不过，又骂：“反正我现在喜欢你，又不代表以后会一直喜欢你的咯，能不能谈一下恋爱，等到我玩腻你了，咱们就分手呢？”说完还好死不死地一副天真的表情看着陆展信。结果把陆展信气得够呛，连续一个月没理她。

最终薛一笙还去了趟上海道了歉，不是一个人去，而是拉上了章兮兮、夏漱石、居南川，美其名曰“团建”。陆展信从练琴房出来，看见风尘仆仆的一群人：居南川一脸开心地吃东西，夏漱石和章兮兮在旁边斗嘴，薛一笙卷着一本侦探小说在看，还是居南川吃着吃着一抬头先看见了陆展信，大家便一哄而上，居南川甚至因为扑得太猛烈导致陆展信跌倒。那阵势不知道的会以为是来寻亲的。

上大学期间，虽然大家所在的城市相距不远，这几个人却很难像高中时代那样想碰面就碰面，所以这次“团建”相当难得，让陆展信一下子很惊喜，张罗大家吃饭，和大家兴高采烈吃饭吃到一半，才想起来自己和薛一笙还在吵架中，可想起来归想起来，也就只能作罢，毕竟大家欢声笑语，气氛盎然。

“你也是真忘了和我吵架吗？”陆展信非常真诚地问薛一笙。

薛一笙大手一挥：“说什么呢，我哪敢跟你吵架，再说了，见到你我就什么都忘记了，你非要生气……”

陆展信哭笑不得：“行行，我不生气了，我不生气了。”

大家哄笑，才明白为什么薛一笙突然要大张旗鼓地搞团建，追问他们俩为什么吵架。薛一笙开了一瓶啤酒，豪爽地说道：“反正都是我不好，这样吧，我自罚一杯。”说罢冲章兮兮眨了眨眼睛，章兮兮没明白过来，以为是要帮她倒酒，起身就倒酒，发现她还没有喝。薛一笙又冲她撇撇嘴，章兮兮还是有点蒙，觉得自己已经在正确答案周边徘徊了，那感觉实在太难受。

薛一笙仰头干了杯中酒，借着酒劲道歉，让陆展信哭笑不得，最终只能求饶：“你说你借着酒劲道歉，怎么感觉你是男的我是女的。”

薛一笙没有回答他，反而露出了醉态道：“我也不是个酒鬼，真的是不胜酒力的，总之我态度就在这里了，我要醉了。”说罢冲章兮兮狠狠地瞪了一眼。

章兮兮此刻终于懂了，二话不说拉着夏漱石说：“我们出去看月亮吧。”

夏漱石和大家聚得正欢，抬头透过窗户发现没有月亮，并明确指出：“真的没有月亮，不信你看啊，真的没有。”章兮兮毫不犹豫踢了他一脚，夏漱石才懵懵懂懂地跟着她先一步，离开吃饭的地方。

章兮兮和夏漱石在外头溜达，经过章兮兮的解释夏漱石才明白了过来，之所以出来看“看不见”的月亮，是为了给那两人创造独处的机会，这两人当时觉得哪里不对，可是又说不上来，难得有机会，便手拉手去江边吹风了。恋爱的时候真好啊，哪怕毫无内涵的江风，都可以感受出千万层的含义。

陆展信带着看起来醉醺醺的薛一笙一路往他们订的酒店走去，酒店离陆展信的学校很近，道路两边都是梧桐树，路灯的灯光碎片洒落一地。薛一笙拉着陆展信的手，说道：“你摸过我的头，而且，我发现你只摸我的头，你连章兮兮的头都不摸的。”略一顿，又道：“你还说你不喜欢我，明明我在你这边这么特殊。”说着她就拉起了陆展信的衣角。

陆展信被她逗乐了，温柔地问道：“我还摸过狗的头、猫的头、兔子的头，你怎么就特殊了?”

这个回答让薛一笙猝不及防，一下子忘记装醉了，伸手就要打，被陆展信一下子拦截下来，两人目光一对视，陆展信反而不好意思，先转移了视线，松开了握住薛一笙手腕的手，被薛一笙一把拉住，她踮起脚尖，主动地吻了上去。那晚的路灯比月光还温柔，让人心醉，让人心碎。

在江边依偎着吹风的章兮兮和夏漱石，终于想起来忘记了什么，两人一对视拔腿就跑，赶到了之前吃饭的地方，居南川正醉得不省人事，餐馆老板正在纳闷：这人到底是不是和朋友吃饭?

那一吻之后，陆展信硬是没松口说自己也喜欢薛一笙，但是给了她一个承诺：“小薛啊，我这辈子都不会找女朋友，但是你可以找男朋友。”这句话一直被当事人履行了一半，陆展信真的从来没有找过女朋友，而薛一笙也一直没有找过男朋友。打那一吻以后，薛一笙就不再问陆展信这个问题了，相处起来比谁都“兄弟”，只不过她叫陆展信的称呼比较别具一格——“渣男”，陆展信也没辙，只好受着，久而久之两人就习惯了。

“渣男”陆展信巡回演出的最后一场是在N市，正是薛一笙念大学的地方，原本陆展信邀请她去，还给她留了最好的位置，但因为薛一笙临时加了一台手术，没有去得成，她说“下次吧”，多少感情的最后是以“下次”为台词的?

得知陆展信晕过去之后，薛一笙立刻通过校友关系，联系上了相应医院的同学，一路压着最高限速开到了N市。两个半小时后，她还穿着自己医院的白大褂，出现在了抢救陆展信的医院里。她一路上不敢去想陆展信到底是什么情况，生怕分心出车祸，直到停好了车之后，她的脑子开始飞速运转，进行了推理分析，那一刻她好像格外地冷静，冷静到排除了其他一切的感受，包括悲伤、担心和不安。陆展信到底是先天病的病变，还是查出了别的毛病？病变的可能性不大。因为陆展信有先天遗传病，所以身体检查上从来不曾耽误，他在打算做巡回演出前，还咨询过薛一笙，薛一笙非常仔细看过他的检测报告，只要不过分劳累，应该是没有问题的。但是这段巡回演出的时间里，她忙于手术，一眨眼就过了几个月，两人除了在各自空余时间里联系外，都没有空儿见上一面。那么剩下来的最后一种可能就是后天的病变了，如果是到了晕倒的程度而外观上没有任何异常，这样的病变很有可能发生在脑部，什么样的脑部病变，才会导致这个程度呢？最坏的一种可能是叫作胶质母细胞瘤，是一种会在半年内突发的脑内疾病，如果到了4级，那么就是回天乏术了。

薛一笙一路狂奔一路迅速推理，来到了手术楼的门口，她的同学在门口等着她，看见她来的时候，给了她一个充满力量的拥抱，轻轻说道："患者是胶质母细胞瘤4级，已经去世了。"薛一笙穷尽一生一直都在看推理小说，这是她推理得最正确的一次，几乎是分毫不差。听见同学证实了她的推理后，她晕了过去。

梦里她想起自己拿着大学录取通知书和陆展信在河堤上见面的情形。她为什么要考医学院的西医外科呢？为什么念完五年医学院后还要去读硕士呢？用她自己当年向陆展信嘚瑟的时候的话说：就是为了能够将来有一天给陆展信做手术，她凭借高超的技术，保他狗命一条。夕阳下她与陆展信打打闹闹，在河堤上说着笑着，她最难忘的记忆就是坐在河堤旁，一边看书一边听陆展信练琴，她一抬头，目之所及都是他。

薛一笙在美好的画面里醒来后，拒绝去看陆展信的尸体，并打算永远永远不去看他，这样的话，她就可以当陆展信还在做巡回演出，就当他要做一辈子的巡回演出而已，她不想面对赤裸裸的现实。但是陆展信的律师将陆展信早就准备好的遗嘱给了薛一笙。

那份遗嘱上将他这些年赚的钱一分为二，一半给了家人，一半给了薛一笙，除了赤裸裸的金钱交易外，他还给薛一笙留了一封简短明了的信，但是因为过于简单明了，还不如说是一张便条。

便条上是这么写的：

薛一笙，你要记得，我从来不曾爱过你，请你停止对我不切实际的幻想。

你的人生是一场交响乐，我不过是其中的一种乐器而已，能在你的人生里奏响一点点声音，三生有幸。而你不能因为我的缺席，就放弃整场演奏会。

请你亲自解剖我的尸体，把一切合适的、能用的器官给需要的人。你终于拥有我这个渣男的肉体了，开心吗？不要害怕，你法医的梦想可以在我身上实现了。

薛一笙看完便条，抬脚就往太平间冲，此时陆展信还没有被放进冷冻库，她看见陆展信闭着眼睛躺在那里，就跟睡着了没有两样，她积蓄已久的情绪，终于在这一刻爆发。她指着他半裸的上半身破口大骂："去你大爷的陆展信，到死你都要告诉我你没有爱过我是吗？去你大爷的陆展信，你不就是怕我因为你活不下去吗？去你大爷的陆展信，你记得我生日记得我梦想记得我所有的一切，为什么啊？陆展信、陆展信，你敢说你不爱我吗？陆展信……我们下辈子……下辈子还能不能遇到啊？!"她骂着骂着最终跪倒在了他的尸体边上，刚刚的骂声在封闭的太平间里回荡，久久不曾散去，像是陆展信无法离开的灵魂的回应。她抬起手摸着他冰冷的手，那手指头上还有因为练琴留下的老茧。她摸着他的手指头一点儿都不怕，她想把自己的温度传给他，想要他坐起来跟自己说话，摸摸自己的头，把自己当成阿猫阿狗都行，她希望世上真的存在封建迷信，这样日日都是他的回魂夜，但是她知道，她的福尔摩斯再也回不来了，而小提琴是福尔摩斯唯一的乐器，她的人生就此失去了声音……

薛一笙的这位"渣男"朋友熟悉她的人都知道，很多人并不知道陆展信当"渣男"的真正原因，以为他是有偶像包袱不愿意曝光恋情，甚至觉得薛一笙与他是地下恋人的关系。就在她坐在殡仪馆外面、看着红红坠入天际的夕阳的时候，小护士找到了薛一笙，特意给她带来了一段视频。

一个月前，陆展信回家乡来给爸爸过生日，因为巡回演出与薛一笙总是见不上面的他，约了与薛一笙见面，没想到薛一笙当天要临时加一台手术，那台手术一直做到黄昏。陆展信带着零食来到她办公室，一直等着她。这段视频是薛一笙办公室里的监控，一个月要定期清除一次，小护士无意中看见了这段，便给薛一笙拷贝留了下来。视频中的陆展信放下零食后，看了一会薛一笙办公桌上的推理小说，过了一会，见薛一笙还没有来，就起身帮她养的绿植都浇了一点水，浇完水，又帮她扫了地、拖了地、倒了垃圾，然后将她办公桌整理得整整齐齐，整个办公室堪称一尘不染。直到此，薛一笙还是没有下手术台，于是陆展信站在落了墙皮、还碎了一角的破旧洗手池子旁，拉了一曲小提琴，他总是随时随地可以拉琴，好像琴里有他的灵魂碎片。薛一笙看着这一段视频，陆展信的巡回演出，仿佛在她这里专门开了一站。她看着这个画质拙劣的视频笑了笑，眼泪就直愣愣地掉在了屏幕上，摔得稀碎。

陆展信去世的消息很快就传遍了小镇和薛一笙的朋友圈。最先赶来的居南川，他是一路带着“我靠我靠我靠”和“不可能不可能不可能”赶到了殡仪馆，看见了薛一笙后抱头狂哭，已经哭干了眼泪的薛一笙冷静地拍了拍他的肩膀。薛一笙在强打了精神后，并没有联系上章兮兮和夏漱石，发出的微信和打出去的电话石沉大海。

11

章兮兮在美术馆门口排队买票的时候，听见前面两个小女生拿着手机谈论着什么，仔细一听就能听见关键词“陆展信”，她嘴角轻轻动了动，心想陆展信还真的挺火的，作为国内“小提琴王子”这些年还真破“圈”了呢，都火到国外来了，谁能想象他小时候也因练琴偷懒被打得哇哇叫还要离家出走呢，即使长大了这小王子还不是被薛一笙拿捏得没有半点办法？但是又听见她们聊天的关键词的时候，章兮兮震惊了，什么叫“好端端的就死了？”章兮兮冲上前，打断了她们的谈话。两个小姑娘起初以为章兮兮也是粉丝，满面忧伤地将事情再次阐述了一遍，章兮兮抢过手机一看新闻，顿觉五雷轰顶，两个姑娘以为她是粉丝伤心过度，连忙安慰，可章兮兮什么话也听不进去，立刻想要更改机票回去，又发现自己没有手机，便奔向了最近的苹果手机店。

章兮兮像是一个苹果手机的狂热爱好者，急切的表情和含着的眼泪，让店员也备受感动，迅速给她配了手机，她迫不及待地更改了机票，立刻收拾行李回国。

章兮兮是在夜里赶回家乡的，这天月亮特别大特别圆，照得人心发慌，她开车到了陆展信家的小区外，那些花圈在月光下散发着倒计时的死亡的气息，美得叫人害怕。最先看见章兮兮的是居南川，他嗷的一嗓子让章兮兮吓了一跳，来不及定睛看，就见到一个黑影冲过来，抱着章兮兮狂哭，而他手里的烟烧到了章兮兮的衣服上，把章兮兮烫得不轻，又忙着灭火，手忙脚乱。薛一笙看见这一幕露出了这些天来的第一次笑脸，她眼睛红肿，嘴唇干裂，头发凌乱，戴着孝。

“他不愿意给我个名分，那我就戴妹妹的孝，毕竟，也算是家属了。”薛一笙挤出了一丝干裂的笑容说道。

章兮兮“哇”的一声哭了，她怎么会不知道陆展信对薛一笙的感情，她怎么会不明白陆展信从头至尾不想给薛一笙所谓的“名分”，是不想她有一个“寡妇”的名头，他一次次地拒绝，只有一个原因，那就是发自内心深处的爱啊。

好不容易笑了一次的薛一笙紧跟着也哭了，两人在灵堂外头抱头痛哭，惹得居南川又蹲在路边直抹眼泪，一边骂道：“我联系不到夏漱石，他度蜜月去了，但是度蜜月为什么要关机？”

章兮兮原本还有些担心怕见到夏漱石，不过实在没有工夫在意这件事。如今听见居南川提及这一茬，犹豫了几秒，便假装没有听见，转身准备去灵堂拜祭，被薛一笙一把抓住了手腕，道：“如果当初不是因为我，你和夏漱石也许不会分开的。我对不起你……”

“已经过去那么久了，跟你没有关系。”章兮兮安慰地拍了拍薛一笙的手背。世间人千千万万，有些人遇到，是命中定，有些人遇到，是在劫难逃，王尔德当初都逃不过的劫难，她又何德何能能幸免。

章兮兮转身踏入灵堂，看着陆展信的遗照她险些忘记鞠躬行礼，有种强烈的不真实感，仿佛这一刻自己不是自己。随着家属见礼结束后，她走到了遗体前，眼泪就又一次翻涌而出，她的发小、她的同学、她的哥们，静静地躺在那里，不发一言，与她永别了。他的生命、他们的青春，在这一刻说了再见。

陆妈妈上前抱住了章兮兮，让她感觉到了一种强烈克制下的颤抖，章兮兮抱住她，觉得她轻飘飘的，仿佛用力就会碎，她竭力想说些安慰的话，却不知道从何说起。倒是陆妈妈率先开了口说道：“你妈妈从前总跟我说让我照顾你，如今阿姨与你相依为命了，你就是阿姨的女儿，阿姨就是你的妈妈。”章兮兮想起了不敢想的妈妈，紧紧抱住了陆妈妈。薛一笙见此情形又忍不住落泪，居南川一边嗷嗷痛哭，一边不停地打着夏漱石的电话。一边发出灵魂的拷问——夏漱石你到底在哪?!

从头至尾一直陪着陆展信的人，是薛一笙，陪到了他化成灰的那一刻。

陆展信身前曾经跟家人表示过，他不需要墓地，就撒在家乡的那片湖里。

除了张罗忙活陆展信的丧事外，居南川一直在尝试用各种方法联系夏漱石，直到火化也未联系上，他也只好放弃了。居南川俨然承担起了他们这个“团伙”里顶梁柱的角色，在找不到夏漱石后，立刻将全部精力放在了他认为最为关键的事情上。他神秘兮兮地约了薛一笙和章兮兮，身后还带了一个穿着中式服装的中年男子。薛一笙和章兮兮有些不解，居南川挤眉弄眼地说道：“这是我请的风水大师，会挑一处风水位，让我们撒骨灰。”

薛一笙疲惫地反驳道：“南川啊，咱们不是选墓穴，只是撒骨灰，这就不用看了吧?”

章兮兮附和地点头：“虽然陆妈妈不愿意亲手撒，把这事交给了我们，但是也不用这样吧?”

居南川恨这两人不争气，咂嘴道：“虽然只是撒骨灰，但是也要挑良辰吉时，这不是为了你们，是为了陆展信，下辈子他可以活得更好。你俩现在脑子不灵光，我必须要靠谱，你们都听我的。”说到最后一句觉得没啥自信，补充了一句道，“毕竟夏漱石不在”。从前他们五个人拿主意的都是夏漱石，这话本身说的没有错，可是谁都知道这个时候提及夏漱石大家会有多落寞。

居南川带着大师来到了他们常常看夕阳的那片湖边。往事一幕幕闪过眼前，薛一笙也不明白自己从哪里来的眼泪的存货，身体分明疲惫，却还能继续无力地流泪，她虚弱地靠在了章兮兮的肩膀上，章兮兮伸出手将她揽在怀里，她的眼泪打湿了她的衣服，她除了抱住她，也不知道还能做什么。

湖边的艳阳天一如既往，景色也万年不变的美，他们曾经在这里追逐嬉戏，陆展信也最爱在他们追逐打闹的时光里拉着小提琴，亘古不变的景色里，故人却来来去去一拨又一拨。

大师四处看了看，指着一处道："这里倒是很合适。"

大家都愣住了，因为那里恰好是陆展信拉小提琴最常待的地方。薛一笙红肿着眼睛点了点头，忍不住又哭。居南川对着大师又是递烟又是点头哈腰，问了大师一些问题，一边掏出手机认真记下，随后又恭恭敬敬地送走大师，大师离开后他又喋喋不休地传达刚刚大师的指令，只是视线无意中瞥见了不远处，起初有些不可置信，伸长了脖子眯着眼睛看了老半天，随着那人影靠近，他有些不可置信地戳了戳章兮兮，道："你看，谁来了。"

章兮兮转过身去，看见了来人，愣住了，道："林晓森？"

林晓森和章兮兮有过一段姻缘，是章兮兮的前夫。他在没人通知的情况下竟然赶到了这里，想必花了很多很多心思。他看见章兮兮憔悴的脸，露出满是心疼和同情的神情，上前轻轻抱了抱她，拍了拍她的后背，以示安慰。

"谢谢你。"章兮兮回以沙哑的回应。这是他们离婚后的第一次见面，章兮兮有点恍惚，他们当初的分开，甚至带着惨烈，又或许，他们的结合本身就是建立在惨烈基础之上的。世间最惨烈的是什么呢？死亡当之无愧。叙利亚的一位诗人曾经说：时光如风，自死亡的方向而来。

她第一次直面的死亡，不是源自自己，却让她刻骨铭心，因为那场死亡，带来的是她与夏漱石的分别。

章兮兮第一次读到阿多尼斯的作品的时候，是这样一句给她留下了深刻的印象：命运总让人遍体鳞伤，但我愿你的伤口长出翅膀。那是个为赋新词强说愁的年岁，她只觉得这句话很美。她还记得是在坐在前往夏漱石学校的公车上看的这本书。夏漱石和章兮兮的大学时光充满了两个要素，一个是电话IC卡，一个是无数张公交车的车票，分别见证了他们度过的夜晚和周末的时光。

夏漱石的校区在江宁，离章兮兮的校区有近一个半小时的公车距离。有一个周末夏漱石有篮球比赛，不能过去找章兮兮。没想到章兮兮一个路痴，转错了两次公交车，在篮球赛快结束的时候，她风尘仆仆地赶到了篮球场，满头大汗站在人群里，起初夏漱石并没有留意到她，直到他们队伍赢了，大家击掌庆贺，他眼睛的余光才瞥见欢呼的人群中有个熟悉的小人儿，冲他开心地笑着。夏漱石立刻停止和队友们庆祝，转过身去看她，一边擦着汗一边在兄弟们的口哨声和起哄声中冲了过去，将章兮兮一把抱起转了好几个圈。章兮兮又羞又喜，那样的表情在他的记忆里，经过数年的时光冲洗，依旧熠熠生辉。

也正是那天，章兮兮突然接到了爸爸的电话，电话里说他要来N城办事情，会来见一见她，也正是那天，夏漱石的爸爸表示过两天也会来这里办事，顺带见见儿子。夏漱石拉着章兮兮的手满校园地溜达，提出了一个大胆的建议：“让双方家长见面!”

章兮兮既愕然又犹豫。章爸爸的离开，对家庭造成了极大的影响，不仅仅是经济上的影响，更多的是对母女两人心理上的创伤。很明显章妈妈一直还爱着章爸爸，她不仅自己咬牙坚持，还要求章兮兮咬牙坚持，目的是见到章爸爸后悔不迭的那天，归根结底图的是他能有回归家庭的时候。章兮兮原本并不在意父母的离异，但是妈妈的态度让她不得不小心翼翼，因为她其实明白爸爸大概不会后悔，更不会回来。

她对爸爸是否回归家庭并不那么在意，她在意的是爸爸还爱不爱自己，这个答案困扰过她，后来她索性不再去想了，她太爱当鸵鸟了，好像不去想，这个问题就不存在一样。

从前章兮兮在决定重要事情的时候会找爸爸商量，而现在她不仅仅没有人商量，更多的是她要去照顾母亲的感受，正因为她将妈妈的付出都看在眼里，所以她更不敢将自己的疑虑、困惑的需求讲述出来，她只能自己琢磨，找出让妈妈安心的决定，再摆出跟她商量的口气，让妈妈去做主、去选择她的方向，虽然过程有些累，但是她心理上稍微能轻松些。毕竟章妈妈觉得轻松，章兮兮就会觉得轻松，她很害怕成为一个麻烦，尤其是亲近的人的负担。

这一次，如果爸爸见到夏漱石并能够认可他，章兮兮觉得这就再好不过了，她内心深处总是希望有人可依，小时候是爸爸，长大的过程里有薛一笙，如今有了夏漱石，她那时候并不觉得这样的想法有什么不妥，甚至为自己可以依赖夏漱石而感到开心。

这场会面的过程毫无波澜，双方在友好的氛围中进行洽谈，章兮兮看见两边的爸爸喝得高兴，心中也踏实了不少。分别的时候，她送爸爸去火车站，一路上两人说着有的没的，甚至包括了邻里的八卦，仿佛两人一直生活在一起从未分开过，章爸爸临了还给了章兮兮五百块钱，章兮兮收了起来觉得满满的都是爱，很开心很满足。上火车前，章爸爸再次表示了对夏漱石的肯定，回来的路上章兮兮忍不住哼着歌一蹦一跳，仿佛是有了什么不得了的天大的喜事，直到在夏漱石的校园里，她听见了夏爸爸对夏漱石说："男人年轻的时候谈谈恋爱，都是体验，喜欢就行，等到了结婚的年纪，再考虑结婚对象的事儿，这恋爱啊，和结婚完全是两码事。"章兮兮觉得这真是一场猝不及防的五雷轰顶，明明几个小时前还在把酒言欢称兄道弟，就差结了亲家的人，这会儿竟然说什么结婚和恋爱是两码事？原来人心隔肚皮是真的。然而暴风骤雨并未就此打住，在夏爸爸说完这句话后，夏漱石缓缓地“嗯”了一声。

章兮兮慌了，退到了一旁隐蔽的地方，手足无措，她不知道该怎么办，但是一下子她就想起来她还有爸爸，于是赶紧给爸爸打电话，刚说了两句话，就传来爸爸的敷衍：“他嘴上说说而已的，别担心。”章兮兮还想说什么，但是电话那头传来的是女人撒娇的声音催促爸爸挂电话，章兮兮懂事地挂了电话，她走出了夏漱石的校园，一个人坐在公交站台边上，眼角的余光看见同样等车的父女在说笑，那爸爸蹲下来给顽皮的女儿系了鞋带，让章兮兮对父亲压抑着太多时的不满、误解、思念一齐出现了。她从来不曾埋怨过父亲从家庭中的离开，也没有怨恨过他的缺位，但是这一刻，她如同落水者在向父亲呼救，而对方却告诉她不是大事，不要紧。她拿起手机想给薛一笙打电话，但是一瞬间，她突然意识到了，从小到大，她似乎总习惯于依赖他人，遇到事情不是依靠薛一笙就是依靠夏漱石，如今她突然发现，连父亲都靠不住，那她为什么要寻求他人的帮助呢？在那个破旧的公交站台旁，章兮兮突然间明白她要学会自己成长。

从公交车上下来的是林晓森，他正在和同学们聊天，见到出神的正在等车的章兮兮有些意外，他上前拍了拍她的肩膀，说：“好巧啊。”

章兮兮敷衍地笑了笑，转身上了公交车，她坐定后，看见了匆匆赶出校门四处张望的夏漱石，她透过后视镜看见他有些着急的样子，仿佛他的焦急与自己无关，她只是冷漠地关上了手机。她爱夏漱石，可是不知道接下来要怎么爱他，她只想静静。但是夏漱石显然并不知情，找到她的宿舍楼下，确定她安全了之后，电话里将她劈头盖脸训了一顿，他已经脑补出了“女大学生被拐卖”等等一系列的新闻案件，章兮兮被逗乐了，挂了电话后下楼跟夏漱石见了一面。两人绕着学校的湖边喝饮料，她决定将今天听见的那些话都告诉夏漱石，让他给自己一个解释。夏漱石听了满脸无奈，伸手揉了揉她的脑袋，道："跟爸妈交流嘛，差不多就行了，不必较真。"

原本已经消气的章兮兮"噌"的一下跳了起来，满脸委屈和不满："这种事情不较真，什么事情较真?"夏漱石上前拉她的手要安抚她，章兮兮甩开并不领情："前因后果我都跟你说了，目的就是不想因为憋着不沟通让我们之间产生误会，我觉得自己处理得特别好，怎么你就给我这态度?"

大概一路赶过来十分耗费体力，此刻夏漱石面露疲惫之色，无奈道："你知不知道我发现你不见了有多着急，一路过来很累的，就为了这点事儿？你别在乎说的那些事儿，你看看我都做了些什么，哪点不是爱你的表现？你能不能不要闹了?"

章兮兮气得甩头就走，这一回夏漱石没有追上来。她走到宿舍楼道里，看着忽闪忽闪的白炽灯，有点恍惚，心里气得只剩下一个问题——他怎么这样？随后她的想法和做法被薛一笙骂得狗血淋头，认为这个问题应该质问章兮兮她自己。章兮兮被骂了一顿，很清醒，于是打算第二天去道歉，但是第二天有课，薛一笙继续痛骂——"课不是用来逃的吗?!"章兮兮顿觉醍醐灌顶。

第二天下午前往夏漱石学校的路上坐错了公交车，换乘的时候，不知道怎么的，就觉得有点恍惚，还有点眩晕感，不过一会儿就好了，她以为是晕车。那时候的手机时代，还是诺基亚为王的战场，对新闻的获取方式远不如如今的及时。

等到黄昏的时候，她终于到了夏漱石的学校，手机已经快没电了，为了省电她赶紧去小卖部打公用电话，发现对方一直占线。明明也是上课时间，夏漱石就算逃课，无非是打球和魔兽，怎么会一直占线？她思忖着去篮球场找他，没想到在经过图书馆的台阶上，看见了夏漱石打电话的背影。她兴奋地上前想要吓他，却看见了史慧在他边上也在打电话，两人时不时的目光交流，夹杂着默契的手势。

章兮兮怒不可遏，吼了一声：“夏、漱、石！”

夏漱石和史慧同时回头看见了她，目光里满是着急和不耐烦，夏漱石皱着眉头让章兮兮感到了事情的紧急情况，她正要上前询问，史慧却示意夏漱石继续打电话，自己挂了电话走到了章兮兮面前，带着厌烦和疲倦对章兮兮说道：“漱石现在真的很着急，你有什么脾气和不满，回头再说吧，不要妨碍他了。”

章兮兮只觉得脑子里嗡的一声，怒气就上了头，心想这个女的是在用什么身份跟自己讲这样的话？她又有什么资格和自己说这样的内容？夏漱石是自己的男朋友，是自己的恋人，不是她的！她越过史慧，想要走近夏漱石，却被史慧一把拉住，继续劝道：“我说了，你给他一些空间，他现在真的很急的呀。”

章兮兮一把甩开她，怒斥道：“关你什么事儿？你知不知道我才是他女朋友？他有什么事情会跟我讲的。”没想到话是说完了，却没有甩得开史慧紧紧钳着她的手腕的手，她急得满脸通红，努力想要掰开她的手，史慧不但不松开，反而口口声声竭力相劝：“章兮兮你别闹了，你真的拎不清吗？你不要再给他添乱了，你懂事一点吧。”

章兮兮扭头求救：“夏漱石，她为什么在这里?!”

夏漱石挂了电话，语气中满是不满和怨愤：“我爸爸在四川。”

章兮兮满脸不解：“那怎么了?”

史慧满是关心的哭音道：“四川地震了！”

章兮兮突然愣住，忍不住道：“我……我爸爸也在四川。”

“快给你爸打电话。”夏漱石道，“这次地震震级很大。”

章兮兮连连点头，掏出手机就打电话，没想到手机那头很快就接上了，三两句之后才得知，章爸爸虽然常年定居四川，这一次见完章兮兮后却没有回四川，而是去了其他地方办事。章兮兮松了一口气，走回到了夏漱石身旁，拍了拍他的肩膀，夏漱石满脸焦虑，章兮兮安慰道：“我们等一会儿再打电话，总能联系上的。”

夏漱石就近坐在石阶上，夕阳洒在了他们的身上，章兮兮看着他，第一次发现原来战无不胜的夏漱石也有无助的时候，她已然将所有不愉快抛到了脑后，忍不住抱住了夏漱石，忙不迭地安慰道：“没事的、没事的，一定没事的。”

夏漱石拍了拍她的手背，无力地说道：“我现在顾不上你了，你回学校吧。”

章兮兮连连点头，除了不添乱，觉得自己也的确帮不上什么忙，好像快点离开就是最大的帮助了，她习惯了在和夏漱石的关系里处在被安排的那一方，从来没有觉得哪里不对。章兮兮沿石阶而下，从未想过，等待她的是怎样的一个转折。

倘若爱生来就不平等，你愿不愿意成为多爱一点的那一方？

12

那年地震后，章兮兮一夜之间失去了与夏漱石的联系，从其他人口中得知夏漱石失去了父亲。她去夏漱石的学校找他，得知他办了休学手续，再回他家找他，听邻居说他和夏妈妈已经好久没有回来过了，可能是去四川了，但是更大可能性是去夏漱石的外婆那了。章兮兮看见栅栏里的那片草坪，高三那年她还带着一帮人踩过这片草坪，如今杂草猛长，旺盛的生命里，写满了荒凉，这荒凉长在黑黢黢的里屋，也长在章兮兮心里。

从此以后，章兮兮进入了给夏漱石疯狂发短信和打电话的节奏里，从担心、焦虑、思念到暴躁，如此往复，终于慢慢地降低了频率，陪伴她的除了薛一笙，还有闻讯赶来的林晓森。林晓森出现在章兮兮教室的频率已经超过了章兮兮本人，好几次被老师当作自己班的学生，不仅博得了老师的认可，还获得了女同学们的点赞和助攻，而林晓森从头至尾只字不提要与章兮兮交往的事情，甚至在同学们起哄的时候，比章兮兮抢先一步自证清白——“我们是兄弟”，这让章兮兮对他的防备一天天降低，并也不再排斥用他占的图书馆的座位。

只是在某个突然停电的晚上，她和林晓森随着大部队撤出图书馆的时候，这段时间的压力和崩溃被熙熙攘攘的人群给撞了出来，她突然崩溃，起初只是泪如雨下，接着便是忍不住地抽噎，很快就变成了呜呜哭泣，最终号啕了起来。人群里同学纷纷侧目，有人忍不住道："停个电吓成这样子？"

林晓森上前一把揽过章兮兮，两人退到了人群的后面。章兮兮在林晓森怀里掩面大哭，她此刻根本不在意是在人的怀里还是在鬼的怀里，她只是突然想起，那天黄昏下，夏漱石在图书馆的台阶上，跟她说："我现在顾不上你了，你回学校吧。"那不是告别，那是分离啊！像是预言，而且很可怕。她在那明晃晃的月亮下，不甘心地大喊："为什么让我走啊，为什么丢下我啊？我到底做错了什么啊？"她委屈她不甘心，她转头斥问林晓森："你为什么要跟我做兄弟啊，你不是喜欢我吗？你怎么就跟我做兄弟了？你甘心吗？你为什么要陪着我啊？你回学校吧！"

你看，人就是这样，让自己备受伤害的话，转头又能对别人随意释放，还毫无愧意，无非就是仗着对方输不起。可是谁又规定了爱要有回应呢？爱若生来不对等，林晓森愿意做那个爱得更多的人。

林晓森笑着看满脸泪水的章兮兮道："他又不是不回来了，你何必如此绝望，科技一天天发达，你可以找到他的概率一天天增大而不是降低，为什么要哭呢？"

章兮兮突然止住了哭声，错愕地看着他，她发现林晓森好像从来不按照套路出牌，他好像和夏漱石有个共同点，就是他们不屑套路，因为他们都喜欢定义套路。

"你身边有我这样企图心特别明显的男生，你还不答应我，你的压力比我的大多了，风言风语对女孩子可不好，所以，你不用觉得是亏欠我，相反，你给了我表达爱的空间，是我沾了你的光。"

他说得有理有据、不卑不亢，让章兮兮接不上话，许久许久，她的眼泪干了，从台阶上站了起来，走了两步，又忍不住回头道："如果我找到了他，或者他回来了，你怎么办？"

林晓森穿着简单的T恤和衬衫，斜挎着书包，一脸少年的意气风发，挥挥手道："这不是个什么了不得的问题啊。"

章兮兮摇了摇头，没听明白。

"那我就走啊。"林晓森满不在意地耸耸肩，跟着下了两节台阶，走到她的身旁，拍了拍她的肩膀，一副无所谓的表情，挥了挥手中的书本道，"末班车要赶不上了，我得赶紧了"。

是少年不识愁滋味，还是少年不愿意看见愁的滋味呢？

章兮兮对林晓森的负罪感，就是从这一刻种下的。但凡喜欢英雄的女子，都会尊重死士，在这一场情感里，林晓森就是飞蛾扑火的死士，他不停地将山脚的石头推上山顶，滚落了也不怕，继续往上顶往上推，如此往复，并无尽头。自古以来，最吸引人的感情是什么？只有三个字——不服从。罗密欧与朱丽叶的不服从是对家族，梁山伯与祝英台的不服从是对父母之命，小龙女和杨过的不服从是对当时的社会秩序。但凡可歌可泣，都是以身殉道者，这个道，其实并不是什么了不得的东西，不过是内心秩序而已。

夏天过去，满地落叶也没有等到夏漱石，大雪覆盖了金陵城，也将章兮兮的回忆封闭了起来，她主动寻找夏漱石的执念已经被压住了，她的生活恢复了表面的平静，上课、泡图书馆、找薛一笙喝奶茶、准备考试，一步步被安排得妥妥当当，相当充实，甚至因为过于努力，还拿到了一等奖学金。

春天花开了，夏天的知了叫了，章兮兮从图书馆出来，看见不远处的槐树下有落花，她走过去，低头用脚尖点了点碎花瓣，手里的书太多了，没拿稳掉到了地上，她弯腰去捡，一个人的身影走了过来，覆上了她眼前的光影，她连他的空气都感觉得明明白白。果然，没有等她来得及直起腰，那熟悉的声音就飘过头顶，带着一丝沙哑，道："兮兮，你别怪我。"

她的眼眶比内心先一步有了反应，生疼生疼的，一抬头，果然看见了夏漱石。他失联的时候是夏天，他再出现的时候还是夏天，好像什么都没有发生过。只是他面容消瘦了一些，眸子里添了一丝成熟和宁静。

章兮兮看着他，他也看着章兮兮，然后缓缓张开了手臂，章兮兮一下子就扑了过去，她闻着他身上熟悉的味道，生怕这样的感觉是自己的梦。夏漱石摸着她的头，道：“对不起啊，我真的有点不容易。”

章兮兮只在夏漱石的怀里痛哭，痛哭这个未曾错过的、或是什么都错过的夏天，夏漱石称这个叫作——失而复得。

不远处是林晓森正乐呵呵地拎着两杯奶茶来找章兮兮，买奶茶的时候，他还特意选了章兮兮最喜欢的蓝色的吸管，但是看见了槐树下的这一幕，他突然停住了脚步，然后履行了他曾经的诺言，走了。

夏漱石帮她擦了擦眼泪，吻了吻她的额头，两人在槐树下聊到了夜幕降临。这一年里，夏漱石处理了父亲的后事，陪伴了以泪洗面的妈妈一个月后，准备回来上学，却被债主找上了门，原来父亲去四川是为了筹措项目的资金，之前的垫款追讨困难，债中有债。可是当时大家也找不到上游的债主，只能认准夏爸爸，父债子还天经地义，于是夏漱石拿出了家里大半积蓄填平了债务，处理父亲留下来的公司事务，等到一切处理完毕，一年就这样过去了。至于为什么没有联系章兮兮，夏漱石想了想，最终说道：“我不愿意找你。”他一直认为自己是章兮兮心目中的英雄，他背负极重的偶像包袱，希望在心上人面前保留着最后的一点点骄傲，毕竟他处理了全部的事情，虽然结局有点惨，可是章兮兮满眼的心疼和思念，让他觉得一切都还好，在她这里他有一块自留地，里面写着少年的意气风发。

“以后你想做什么呢?”夏漱石问她。经历过了这些事情后，夏漱石对人生的规划变得格外重视。

章兮兮也在这一年里，思考了未来的打算，她开始在网络上写一些散文和小说。这大概也要拜夏漱石离开所赐，让她从懵懵懂懂的状态，终于学会了独立思考，并且坚定了自己未来的走向——当一名作家。

夏漱石听完后有些吃惊，但很快平复了下来，点头表示支持，随后就建议道：“作家很好，读书看电影听音乐，好好地感受生活，再精准地表达出来，成为这个时代的一部分，很美好，我支持你的梦想。”

章兮兮想起当初和妈妈说起这样的梦想，却被委婉地制止后，她内心的不甘和委屈，如今听见夏漱石的回应，心里很是熨帖。

很快，夏漱石又补充道：“其实去国外读书，也可以拓宽拓宽视野，也可以有不同环境的体验。”

章兮兮立刻听出了潜台词，忙不迭地问：“你是要去国外读书吗？”

夏漱石牵着章兮兮的手，点了点头：“和我一起出去吧！我们换个环境，然后我们一直一直在一起，好吗？”

夏漱石的头发被风轻轻吹动着，他的眼神那么真诚，可是在章兮兮看来，他的话里的每一个字，都那么那么的不可信。章兮兮推开夏漱石的手，站了起来，她说：“为什么你说一直一直在一起，就真的可以一直一直在一起？你知不知道，在你说这一句话之前，我们一年没见，这一年里你杳无音信，我找你有多辛苦？你知道我怎么过来的吗？我差点以为你就会永远永远离开我！”

夏漱石没有上前哄她，平静地等她说完，才缓缓问道：“离开你又怎么样呢？林晓森可以照顾你，陪着你，你只是怕孤独，谁陪着你不都一样吗？”话音未落，章兮兮脑子嗡的一声，上前扇了他一个耳光，然后只觉得手掌发麻，随后眼泪珠子大颗大颗地掉了下来。夏漱石愣了愣，在她还没有反应过来的时候，把她拉到了怀里，狠狠地吻了下去。

失而复得需要努力，也需要运气，有时候后者比前者更重要，毕竟爱情这件事，从来不是天道酬勤。那时候的两个人觉得，只要努力，定能逆天改命。同样这么想的，还有林晓森。

“你恨我吗?”林晓森问并肩而坐的章兮兮。

章兮兮有些惊讶，道:“这个问题，我来问你才对。”

“不会。”林晓森微微叹气，“好胜心让我面目全非”。

章兮兮咧了咧嘴笑了笑，干涩的嘴唇裂开了细纹，带着血丝。笑意带着血丝，与好运中带着玻璃碴，并没有什么差别。爱情这个东西从来不由人掌控，它高高在上，给身在其中的人们一点点体验，就已经足够。

13

章兮兮出版的第一本书，叫作《谢谢你住在我心上》，当时这本书在BBS上连载，被何昭看中，通过QQ联系上了她，说觉得特别感动。章兮兮虽然很感激他，但是就当他是个读者，聊了两句便不再搭理。没想到过了不到半个月，他给章兮兮留言说自己学成回国创业，想要开一家出版公司，第一本就选中了章兮兮的作品，希望尝试，并给章兮兮更多的信心，表示双方一定会因为这本书迎来各自事业的春天。那是章兮兮头一次听何昭提及春天两个字，那时候她是热泪盈眶的，心想这是何等优秀又大胆的青年啊。过程暂不赘述，那本书的首印量虽然低，但是带给了章兮兮很大的信心，决定要坚持走写作这条路。很快，他们没有等来春天，因为书卖得很差，借用别家出版社的库房，占了不少地方。两人站在落灰的库存面前，无语凝咽，都体会到了理想失败后遍体鳞伤的滋味。后来前后花了两年才算卖掉，给库房挪了点地方出来。章兮兮偷偷买了三本，一本送给了薛一笙，一本放到了章妈妈的墓前，一本她偷偷藏着，想等待机会送给夏漱石，但是机会一直没有来。

如今百转千回，她已经出过好几本书，何昭也从白手起家的少年变成了可以对章兮兮吆五喝六的商人，而章兮兮也从对他感激涕零的扑街作者，变成了可以跟他互喷为乐的朋友。她甚至靠着稿酬和版权金可以过上吃喝不愁的生活，但是那本最想送给夏漱石的书她留到封面变黄也未得到命运赏赐的机会。

希望这个东西很微妙，它出现的时候，总是出现在当事人心态贫穷的时候，但是足以点亮辉煌，像是深秋的银杏。林晓森在得知章兮兮母亲去世的消息后，就中断了学业，毅然回国。鉴于薛一笙、居南川和陆展信都是章兮兮和夏漱石的CP粉，因此没有在这些人面前获得过章兮兮的消息，他另辟蹊径，很快通过出版社找到了章兮兮的住所。当时章兮兮只写过几部不那么畅销的小说，事业还处于上升期，何昭对这位“热心粉丝”感到非常开心，认为这是春天到来的前兆，毫不犹豫就给了对方章兮兮的通信地址。

那是夏天的午后，章兮兮洗了头出门，和何昭在一家咖啡馆见面，聊新书的选题和创意，互相吹捧也互相讽刺甚至辱骂，度过了一个不错的下午，临别前，章兮兮不但蹭了何昭的咖啡，还打包了店里的一大袋咖啡豆算在了何昭的账上，何昭对她这种行为感到不齿，可章兮兮丝毫不为所动，还多要了500克，毕竟能省一点是一点。

她穿着扎染的一件式裙子，拎着一袋子咖啡豆，闻着咖啡的香气，盘算着这个月的咖啡都备足了，很是开心，那透过梧桐树叶的阳光仿佛也染在了她的裙摆上，荡漾出愉悦。那时，因为颠倒的作息，而且常常沉浸在剧情中无法自拔，导致洗头不便，为了能多写点东西，索性剪了头发，顿时方便了很多。章兮兮一边晃悠着装着咖啡豆的纸袋子，一边揉了揉自己的短发，林晓森就站在一棵梧桐树下，看见了这样的她，他没有立刻叫她，静静地看着像画一样的她，直到章兮兮发现了他，他才冲她挥了挥手。章兮兮起初一惊，很快认出了对面的人来，笑了笑，举了举手中的咖啡豆，示意喝一杯，对方笑着点点头。

在她那一转身都会蹭掉几本书的逼仄的空间里，章兮兮冲了一杯咖啡给林晓森，两人面对面对坐，一时间不知道如何开口。好在空气里满是咖啡的香气，显得不那么冷清。两人仿佛都长大了，褪去了校园的痕迹，像大人一样。

“头发剪短了也怪好看的。”

“是吗?”

“每天读书的日子很快乐吧?”

“是啊。”

“我看了些你的作品，每一本都比上一本有进步啊。”

“是吧?”

两人的对话礼貌又尴尬，章兮兮起身后，转身给他倒了一杯水，灰尘在阳光里跳跃，她湿漉漉的发梢上仿佛有魔力一般，让林晓森挪不开眼睛。这样堪称简陋的环境里，却成了林晓森的记忆里无法清除的一幅画面。他鼓起勇气站了起来，想要跟她说他此行的目的，但是因为空间太狭窄，他打翻了面前的咖啡杯，章兮兮闻声转身，拿起纸巾擦拭，一边连连说没事，一边把自己的那杯也打翻了，两人立刻手忙脚乱收拾，不经意地触碰的指尖，让林晓森终于决定说出他最想说的话，他一把抓住了章兮兮的手，道：“兮兮，我们结婚吧!”

章兮兮抽回自己的手，好像没听见一样，继续在破旧泛黄的桌面上擦拭。从什么时候起，她发现爱情已经不是两颗想要靠近的心就能战胜一切的东西了。夏漱石与她错过的那些，难道仅仅是时间吗？那些错过的背后，是出身、家庭、人生规划以及等等等等的不同，而林晓森在这些上比起夏漱石有过之而无不及，她看着林晓森坚定、诚恳和克制了也无法掩盖的爱，她困惑了。她没有告诉林晓森这是她又吃饭又赶稿的那张桌子，她自然也不会告诉他，这个转身伸手就能碰见墙壁的地方，常常让赶稿子的她腿麻脚麻，因为稿费花完了的时候，她也曾经一碗泡面分成三顿吃，她过得很拮据甚至窘迫。到如今她觉得自己已经无所畏惧，但是她知道，这一切展现给爱自己的人，只会引发对方的心疼甚至同情，而这些，她不想在林晓森身上获得。那些难题和鸿沟，他们或许都很难跨越，毕竟她曾经在夏漱石身上试过，失败了，又凭什么在林晓森身上成功呢？她眼眶酸了酸，撇开头，继续擦拭已经擦干净的桌子，岔开话题问道：“你是什么时候回来的？书念完了？”

中断学业这件事让林晓森面临了巨大的家庭责难，他依旧任性地回国，但是找到章兮兮的过程却十分曲折，但是他不想说一个字，他怕每一个字都会成为给她的压力，他爱她，但是不想以爱之名去绑架她。因此，他只是轻描淡写地说了一句：“嗯，不瞒你说，没修完，因为学分不够，所以就不想念了，回国创业了。”

章兮兮想起何昭，打趣道：“我那位老板，年纪比你大不了几岁，估计和你一样没修完学业，就想着回国创业，如今这事业做得不上不下的，却天天说春天要来了来麻痹自己和我，你可要吸取他的前车之鉴，哪有那么好创的业？要不，还是回去读书吧。”

气氛一下子放松了下来，林晓森笑了，问道：“你怎么没考虑和他处处？”没想到章兮兮忍不住啧啧了两声摇了摇头，林晓森笑出了声：“我看他还挺不错的样子。”

章兮兮道：“不早了太阳要下山了，你可快点走吧。”她本来是想开玩笑的，结果对方明显在分辨这是玩笑还是真话，因此她说完这话后就冷场了，她也不知道该如何解释，于是只能继续擦已经干净的桌子。

林晓森哎哎了两声识趣地起身，一不小心撞了一下书架，揉揉头，结果又撞到了另外的书架。章兮兮突然有些心疼地看着他，低头看了看自己的脚指头，又看了看林晓森光着的脚，这屋子里头就只有一双拖鞋，还常常放在洗手间里用，毕竟这里从来不来客人，偶尔何昭来，也不配章兮兮多给他备一双拖鞋的待遇。林晓森顺着章兮兮的目光看了看，又看见了自己光着的脚，两人目光落在褪色的斑驳的劣质的地板上，又收了回来，一不小心碰上了。明明寒酸的是章兮兮的屋子，可林晓森偏偏生出了卑微的感觉。爱情里，只有一个人的时候，这个人一定是极尽卑微，卑微的尽头一定是小心翼翼。

章兮兮目送他走到门口，几步路的距离，她却想了很久。她想林晓森多好啊，对自己知根知底，她不用费劲地去解释自己为什么是今天的样子，她想着自己单着这些年是不是真的会有一个转机去告别过去。于是，就在林晓森走到门口的时候，章兮兮的声音从他身后响起。

“我没有正经工作，可能以后也不想找个全职的朝九晚五的工作，只想写书度日，你家人可以接受吗?”章兮兮的语速很平缓、很礼貌。

林晓森回过头来，又一次撞上了柜子角，顾不上疼，满眼的欣喜，连连道：“他们不接受是他们的事情，跟我们没有什么关系。”他觉得“我们”两个字很美好，又念了一遍，“对，跟我们没有关系。我会处理得很好的，你放心，绝对绝对不会让你难做”。

章兮兮站在被她改造成书架的储物架边上，头轻轻靠着杂乱的书，抱着手臂笑了笑：“那你不要后悔啊。”

林晓森欣喜若狂，几乎是跳了过来，一把抱住了章兮兮，连连道：“不会，绝对不会。”

章兮兮靠在林晓森的肩头，看着书橱上的那本《谢谢你住在我心上》，心里默默地说：“夏漱石，再见了。”

这一次，他们两人都撒了谎，尽管那是不自知的谎言，毕竟勇者无畏。

章兮兮的这段婚姻充满了林晓森的满心欢喜和小心翼翼，他拒绝了家里让他“一步到位”的帮助，选择了地段还不错、但是面积不大的屋子作为“婚房”，甚至打趣地告诉章兮兮需要一起还房贷，鼓励她好好写书，避免有一天他创业失败家里揭不开锅。他生怕有哪里做得唐突刺痛她假装不在意的自尊心。

唯一的一个请求是他带着章兮兮去了海边，拍了婚纱照。不过，与其说是婚纱照，不如说是纪念照，照片里章兮兮穿着简单的白裙子，耳边是他从路边摘下的鸡蛋花，映衬着章兮兮的微笑，足以醉他一生。

何昭上门催稿，看见了他俩的合照，大怒！指责章兮兮为了拖稿已经丧心病狂，不惜用结婚来做挡箭牌。临了了，他送了她一口电热锅，说：“要是不开心就吃吃火锅，要是开心了也吃吃火锅，人生嘛，都是体验。”

章兮兮哭笑不得，收下了这份特殊的礼物，送他出门的时候，随口问道：“你什么时候结婚？有女朋友了吗？”

何昭再次大怒，问道：“章兮兮，你是不是我妈妈？”

章兮兮吓了一跳，这些年来，头一回斗嘴露怯，有些结巴地道：“我……我不是啊。”

何昭冷哼一声：“那就是了，关你什么事?!”

章兮兮想，也是，便不再多问，其实她也没有那么想知道，纯粹是自己多嘴的随口一问。

他们的婚姻生活在外人看来美满得不像话，颇有些夫唱妇随的味道。那时候林晓森忙着创业，比起他的朋友们，他的经济堪称悲惨，但是章兮兮不离不弃毫无抱怨的状态，得到他的哥们儿们交口称赞。只有他自己知道，章兮兮毫不计较的背后，或许是尚未投入的心。

章兮兮每天在干吗呢？写书、看书、喝咖啡，偶尔会去接林晓森下班，她唯一的要求是不要孩子。林晓森表示你还是个孩子呢，以后再说吧也不急于一时。但是他心里总有点慌，那种说不上来的慌。很久很久以后，他去收购一家算法公司，该公司的研发主管与他相谈甚欢，对方跟他讲了一个理论——“算法的终极目标是消灭误差，而人的美好，在于永远有误差”，那一刻他突然被点醒了什么。章兮兮和他的婚姻里，最大的差错就是没有任何差错，她的按部就班，她的优雅从容，她的不疾不徐，背地里只有一个原因，她根本不爱他。但是这个事实，他难道不知道吗？他当然他妈的知道、一直知道。

一旦种下了这颗种子，猜疑、嫉妒和不甘心就开始爬满了他的心，他的学生时代从未输给过夏漱石，他的创业生涯里也是小有建树，他的好胜心一点点吞噬他的心。他故意晚回家，故意让应酬时候的女人口红印留在衬衫上，故意透露某个女客户对他有好感……每每此刻，章兮兮都会从书页中抬起头，带着理解的微笑说“创业真的不容易啊，你辛苦了”。他不想要这样的回应，他想要她的责备、追问甚至不满，哪怕打骂自己都行，但是章兮兮从来都没有过，一次都没有过。

章兮兮开始忙于新书，这是她对新类型的题材的挑战，担心给何昭赔钱，心理压力特别大。有时候就和薛一笙开着有的没的的玩笑，用来减压。薛一笙表示自己一定要全力支持章兮兮，出了比方说每个找她看病的病人她就强迫对方去买书等等的馊主意，两人电话里一气打闹，那样子让林晓森觉得这才是真实的章兮兮。他趁着章兮兮心情好的那天晚上，问章兮兮：“不如我们要个孩子吧?”

那夜晚的温度以肉眼可见的速度骤降，他甚至感受到了章兮兮每个毛孔的排斥，果然，在他说完这句话之后，章兮兮像是膝跳反应一样堪称是连爬带滚地逃离了卧室，连连表示还有稿子要改。面对如此本能的反应和拙劣的谎言，林晓森怒气上头，追到了书房。接下来便是狂风骤雨的争吵，要说争吵也不全对，毕竟发狂发怒的只有林晓森一个人，章兮兮只是捧着一本书，静静地看着他，偶尔说几句“我没有”“你误会了”“你非要这么想我也没办法”之类的话，完全是火上浇油，寥寥几句回应就将争吵的气氛推上了顶峰。

那个风度翩翩的林晓森，推倒了书架上的书，甚至将章兮兮手里的书夺过摔在了地上。章兮兮看着地板上的书，突然意识到了自己罪孽深重。她抬头看着林晓森，盯着他因为情绪失控而涨红的双眼，问道：“晓森，你喜欢现在的自己吗?”

林晓森突然平静了下来，他带着无能的狂怒，突然抱头痛哭，因为他也无法相信自己会有这样的一面。章兮兮走了过去，蹲下来抱着他，像是安抚一只受伤的小兽。那是章兮兮第一次充满感情地对他，那个拥抱是有温度的，他头一次被她抱着，他的情绪虽然被安抚，但是依旧哭到泣不成声，他带着哀求说：“你可不可以爱我一次，就一次，好不好，努力一下行不行？爱爱我吧，我真的撑不下去了。”努力这件事可以让你抵达无数彼岸，比如成功、金钱甚至健康，唯独相爱除外，相爱这件事，不是一个人甚至两个人的努力就能得到想要的结果的，它取决于两个人的天赋与运气。

书房里有柔软的地毯，温柔的灯光，这些都是林晓森为章兮兮精心挑选的，他知道章兮兮最长待的场所是书房，所以对这里的每一个细节都亲自把关，生怕她有一点点的不称心。章兮兮抱着林晓森，环视了周围的一切，她何曾不知道他的用心呢？这样好的林晓森，哪哪都好的林晓森，因为自己的懦弱和胆怯才变成了这样卑微的鬼样子，作为始作俑者的她，还有什么颜面再继续呢？她说：“晓森啊，不要过下去了，我们分开吧，好不好？”

林晓森的哭声戛然而止，随后他将脸埋在她的大腿上，纵使有再多委屈和不甘，但在这样血淋淋的事实面前，他用尽百般的努力，只是闷闷地说了一个“好”字，随后再次爆发出了惨烈的哭声。章兮兮抱着他，紧紧地抱着。她清楚地记得林晓森求婚的那个下午，她清楚地记得他们彼此说过的话，一个说“我绝不会后悔”，另一个在心里默默说“夏漱石，再见了”。他们都高估了自己，在不自知的谎言尽头，等待他们的是无能为力四个字。章兮兮感受到林晓森的绝望，这么多年来她第一次真真实实地心疼怀里的这个人，她自责、懊悔，她忍不住哭了。那一刻，她知道自己忘不掉夏漱石，但是她头一次为自己忘不掉他而感到深深的愤怒和不甘，她抱着林晓森号啕大哭。满地狼藉的书本，像极了再也拼凑不起来的过去和未来。

《十年》里唱，我的眼泪，不是为你而流，也为别人而流。

章兮兮搬出来的时候，是何昭来帮的忙，他甚至还上前和林晓森握了握手，除了对章兮兮，他对任何人都非常绅士。章兮兮带着无限的愧疚离开了住处，在何昭的车上泪水涟涟，述说着自己的不是，一直到了火锅店，她还在抽噎和自责，直到火锅沸腾了才勉强作罢，毕竟日子还是要过的，等到两瓶豆奶下肚，她才算勉强平静。

何昭终于开始回应，道："我就弄不明白了，你口口声声说对不住人家林晓森，你想过我吗？我，跟对手公司已经进入白热化的阶段，你呢，稿子不交，而且毫无愧疚之心，怎么着，我是你的备胎吗？"

章兮兮一听就又哭了，的确忙于离婚的事情，她好久没写了，早就过了交稿日期。

何昭吃了一块红糖糍粑，看见章兮兮这副模样很是肯定："看来，还是有点良心的。"咽了下去，补充道："说，什么时候交？"见章兮兮埋头吃菜，补充道："这结婚啊离婚啊，都是体验，那个谁，对，JK罗琳说了，作家心中都要有一块冰，我看你现在心里有很多冰，你知道这意味着什么吗？嗯？章兮兮，你回答我，这意味着什么？"

章兮兮头也不抬，拖长了声音道："春——天——"

"对咯！"何昭一拍大腿，充满了市井气息，"王国维说了，天以百难成就一词人，如今啊，天让你离婚就是成就你，你要明白老天的良苦用心，你滴明白？"

章兮兮放下沾着牛油的筷子，心中因为悲伤和愧疚的心情已经被愤怒掩盖，克制着怒火问道："何昭，你到底是不是牛津毕业的？"

何昭涮毛肚涮得起劲，回道："那肯定啊，你不信没关系，投资方可都验过我的证书的。怎……怎么了？"

"你学什么来着？"

“数……数学，怎么了？”何昭趁热吃了毛肚，一边反问，嘴角还有让人无法直视的香油。

章兮兮摇摇头：“你的校友都在干吗？”

“有些当了议员，有一些在翻译密码，怎么了？”

“你不觉得你这样的举止行为，这样的事业奋斗路线非常给你母校丢人吗？”

何昭拿起纸巾擦了擦嘴角，道：“你看看你，身为一个作家，对价值的判断很有问题，我倒要来问问你，我认为母校再重要，都不如祖国母亲重要，我回国为出版事业奋斗，怎么了，我这个事业奋斗的路线，我扪心自问，当得起这个！”他竖起了大拇指。

章兮兮无法直视他这副嘴脸， 道：“你这种就属于没有被一文钱难倒过的英雄汉，把创业当成人生体验，不懂人间疾苦，才会看见我离婚，就觉得灵感会多，会写出好东西，就催稿，简直是……不不，简直不是人。”章兮兮想到这里张开嘴巴就哭了。

何昭对她这态度嗤之以鼻，道：“你这样的婚姻，不知道是为了什么结的，早晚都得离，你不当成体验当成什么？勋章吗？怎么，您是爱情的烈士？我看你可不配，要论勋章，我觉得也得给人家林晓森，人家那可真是爱情斗士。”

章兮兮被他这样一说，号啕大哭又变成了默默啜泣，心里也觉得他说得有几分道理，但是面子上挂不住，于是岔开话题道：“你帮我把东西放到我以前租的那个房子里了没？那个房东不回我信息。”

何昭挥挥手，一脸嫌弃：“人家房东都把房子卖了。”

“卖了？”

“对啊，人家迎来人生的春天了，怎么了？”

章兮兮一个激灵站了起来：“那我东西呢？司机拉哪里去了啊？卖了吗？我电脑还在行李里头呢。”

何昭不以为意道："人家房东都进步了，你也别回那个破房子去了，那地儿我连脚都插不进去，免得我到时候催稿你又找理由，我让司机把东西搬到我郊区的房子去了，你回头就住那吧。"

章兮兮一愣，问道："你什么时候在郊区买了房？是别墅吗？你好有钱啊，是不是都是我给你赚的？"

"章兮兮，你是个作家，而我是个在等待事业春天的商人，你听得懂不？主语是商人，商人是什么意思你知道吗？"

章兮兮羡慕嫉妒恨地回答道："自古以来遍身罗绮者，不是养蚕人！"

何昭不以为耻，反而嘚瑟地反手扣了扣桌面道："这就对咯，你理解得非常透彻。对了，做饭的阿姨我也安排好了，咖啡豆也买了，你平常爱吃的深度烘焙的埃塞俄比亚的那种……"章兮兮心生感动，何昭的确体恤人，刚要感谢，就听见他补充了一句："写不完稿子哪里也别去，好好给我卖命，听见吗？"

章兮兮夹起最后一块红糖糍粑塞在嘴巴里，假装听不见，心里其实非常感激这顿火锅，她感激林晓森，更感激何昭。因为她知道，如果不是这顿火锅，她会无限地停留在自我否定和愧疚中。或许非要在生活的河流里逆流而上不是什么好主意，不如顺水推舟，接受命运的安排。

那天晚上的月亮在火锅店的上方又大又圆，她和何昭走在人潮汹涌的闹市里，有一搭没一搭地聊着，临了挥手告别，各自融入不同方向的人海中。章兮兮回头看了看，正好看见何昭回头看她，他们隔着人群看着，何昭喊道："快点交稿!!!"章兮兮转身而去。

年年岁岁月相似，岁岁年年人不同，大抵就是这么个含义。如今林晓森赶了回来，他走到了薛一笙身旁，诚恳地说道："节哀。"

薛一笙点点头，礼貌地道了声谢，目光平静地看向湖面，手边是简单的骨灰盒。

居南川看着手机，卡着点，道：“还有十分钟，薛一笙，你准备一下。”

薛一笙起身走向小船，与居南川一起划船稍稍远去。她戴上了医用手套，在逆光中充满了仪式感，随后她打开了骨灰盒，一脸平静地将骨灰缓缓撒向湖水中。

章兮兮看着薛一笙的背影，她希望她能向死而生，她希望她的伤口能长出翅膀，她希望……她永远不要放弃希望。

“章兮兮!!!”最熟悉的声音从章兮兮身后不远处传来，所有人转身望去。那个身影迅速地跑上了堤岸，站在蓝天白云下，大声地喊着章兮兮的名字，头顶的云仿佛从来没有变换过。章兮兮闻声转过头去，他们曾经在云朵上相遇过的目光，终于汇聚在了这一刻。她有些恍惚有些感慨，身子就僵在那里，眼神落在他的身上，无法移动半分。夏漱石，他终于回来了。

“我靠!”居南川在不远处的惊呼，打破了平静。大家顺着他的目光望去。原来薛一笙因为听见夏漱石的声音，忍不住回头，谁知道那一刻风向突转，最后一把骨灰刚刚好全部扑在了薛一笙的脸上。满是悲伤的众人，突然都笑了起来，包括用湖水洗脸的薛一笙。那是最后一把骨灰，更像是天生内向的陆展信为大家做的最后一点点小事。

夏漱石站在河堤上和众人一样不自觉地笑了，在如此悲伤的时刻，他看着章兮兮，章兮兮也回眸看着他，她的脸上有泪痕，他的嘴角有笑意，就那么互相看着，一点儿也不觉得陌生，可是，吹过他和章兮兮之间的，明明是十年来未曾谋面的光阴啊。

14

夜色中静默无言的一群人，终于陆续从堤岸上站起身来，仿佛皮影戏的落幕。居南川看了看这些人要怎么个排列组合法，才能不让自己尴尬？夏漱石和林晓森是情敌关系，夏漱石和自己又是兄弟，而章兮兮和林晓森已经离婚，他在脑海中盘算了几秒，于是提出了最有利于自己的解法，他清了清嗓子，道："薛一笙，走，我送你回家。"随后不由分说，立刻拽走了薛一笙，留下了章兮兮、夏漱石和林晓森三个人，以及尴尬到凝固的气氛。三人间连彼此的呼吸都听得一清二楚，更别说这夜晚的风了。

"你们俩，过得好吗?"夏漱石率先打破了沉静，对着空气说道。

林晓森低头掩去苦涩的笑容，抬起头的时候已经是人畜无害的表情，道："好啊。"

"那就好。"夏漱石冲着章兮兮点点头，克制地笑了笑。

"听说你结婚了？祝福你啊。"章兮兮坐在河堤上，对着夜空说道。在那一轮明晃晃的月亮下，三人仿佛成了剪影。章兮兮晃了晃双脚好像可以缓解点什么，然而无济于事，她的祝福那么单薄。其实她听见林晓森似是而非的回答的时候，她并不生气也不想补充什么，毕竟林晓森回答了夏漱石的问题，虽然夏漱石的问题并不是在问字面上的意思。她和林晓森结婚了、离婚了又如何，夏漱石已经有了另一半，她多说无益。

湖水荡漾，拍打岸边的声音清晰可闻。夏漱石从河堤上跳下去，故作轻松的样子，他走过这两个人的面前，又折了回来，带着仿佛憋了很久的不满和委屈，仰头问章兮兮："你努力过吗？"

章兮兮被问得有点蒙："什么？"

"我们之间的感情，你努力过吗？"夏漱石的眼眶有点红，带着克制，可充满了委屈。夏漱石欲盖弥彰，补充道："我就是问问。"如果一份感情相隔了十年，还会有不平，大都是因为当事人不曾放下。

章兮兮一时间不知道该如何回应，很多话堵在喉咙里，毕竟这个问题，不是一句"有"或者"没有"就可以回答的。

夏漱石见她欲言又止的样子，看了看林晓森，抱歉地笑了笑，转身往前走去。章兮兮看着他的背影，想起那年高中，他出现在空无一人的车棚里，带着整个宇宙的光，如今他要带着整个宇宙的温暖离开她了，她却只能默默地看着，还能说什么呢？重要吗？欲说还休，不过是天凉好个秋罢了。

"她努力过，狠狠地努力过。"林晓森从河堤上跳了下来，离开了本就不属于他的那个位置，对着夏漱石的背影说道："这样的努力包括嫁给我，努力做我的妻子。"林晓森仰头看了看夜空，他想起与章兮兮短暂婚姻中的一些点滴，百味杂陈。当婚姻已经不用为生存负责的时候，感情成了它存在的核心要素，婚姻关系中，重逢当年的爱人，何去何从的困扰何止属于这一代人？婚姻本身就是责任的体现，可是同时，它又对无用的爱的需求越来越渴求。当走到爱的尽头，是不是只有绝望和憎恨两张脸呢？林晓森当初不知道，毕竟他们分开的时候，他只给了章兮兮这两种情绪，在婚姻中他绝望了，因此他曾憎恨过她，那是一种无能狂怒后的憎恨，毕竟爱，生来就不对等。所以章兮兮可以礼貌地分开，甚至会安慰情绪失控的林晓森，她所有的大方、得体，都在明明白白地告诉他——她从头至尾，从未爱过他！但是到如今，他目睹了这两人此刻的相逢，当初消磨殆尽的好胜心被这夜风吹得渣儿都不剩，他这时候才明白，不是他输了，而是从头到尾他都未曾得到过上战场的资格。“兮兮，我走了，但是在你难过的时候，我还是会来找你的，跟今天一样。”

“为什么？为什么今天突然来找我，为什么跟夏漱石说那些话，为什么明明知道我们无法再走下去了，还要再帮我？”大概只有面对林晓森的时候，章兮兮才能思路清晰地问出这些问题。她不是质问他，她是替他不值得。

林晓森苦涩地笑了笑，没有人规定过爱必须要有回应，没有人规定过爱必须要善始善终，没有回应的结局就是结局的一种。他说：“因为我爱过你。”林晓森说完，对着夏漱石道：“我帮她回答你的问题，你大概是不信的，你自己问问她好了，我想，你要问的，你想知道的，比你自己想要的还要多。”

夏漱石不解地看着这两人，带着猜测，可又不敢猜测太多。林晓森苦笑了一下，道：“我跟她很好，以后，也还会很好，尽管我们离婚了。”他头也不回，挥了挥手。

林晓森走了，带着永远不会有回应的爱，有些决绝，又有些潇洒，留下的是月光，还有夏漱石和章兮兮。

要从什么时候开始算章兮兮的努力呢？大概是她与夏漱石重逢后，她就发现从前大概只是觉得恋爱很好，没有想过什么天长地久，但是经历过夏漱石突然不见的章兮兮对天长地久的需求特别强烈，生怕夏漱石又一次突然不见。所以当夏漱石提出一起出国念书的时候，章兮兮欣然接受，但拒绝了夏漱石的建议——“我家里有最后的积蓄，可以供我们俩出国念书。”为了选择花费比较少的国家念书，夏漱石选择了意大利，那里还有他父亲生前好友可以帮助他打理一些杂事，省下了一些给中介的费用。夏漱石直言不讳地跟章兮兮讲述了计划，章兮兮通通接受，唯独表示自己家里也有积蓄，让夏漱石不要担心。他们算计了一下，杂七杂八一个人得至少准备十五万，虽然到时候可以打工、用助学贷款，等等。章兮兮找到了妈妈，说了这些事情，最后开口要十五万。

妈妈面露难色，叹了一口气说："找你爸爸去吧，妈妈没钱。"章兮兮想了想，于是用私房钱买了一张车票去找了爸爸，从火车换成汽车大巴，虽然还上错了一次车，但是总算找到了爸爸的家。

章爸爸有了新的孩子，小女孩粉嘟嘟的格外好看，章爸爸和孩子的亲妈在帮着孩子换尿布，看着章爸爸满脸幸福的逗弄着小女儿，她很羡慕，因为这样的爸爸她从未见过，原来这些年爸爸对自己恰到好处的爱，大概就是"不太喜欢"自己所致。孩子的亲妈正是章爸爸离开那晚车里的女人，不过章兮兮已经过了冲动的年纪，也不觉得自己有资格追究什么，看见这一幕幕的景象内心有些疲惫无力。但是下一刻，章兮兮又很责怪自己，她觉得自己如果这么可爱，样样优秀，或许爸妈就不会分开，她带着羡慕看着那个小女孩，等到发现自己是个多余的存在的时候，气氛已经相当尴尬了。阿姨坐在她的对面，与她闲话家常她都没有回应，她浑身的防备使得章爸爸很是不满，念叨了她几句，她只低着头，玩着衣角想要思考怎么回应。到底是该先说"阿姨好"，还是要说"爸爸我想要出国念书，你能不能给我一点钱"？

阿姨娇嗔地劝说章爸爸对女儿要有耐心，不要急，章爸爸反而对女儿木讷的样子感到一丝恼怒，忍不住又道："怎么越大越回去了，连基本的礼貌都没有，大人跟你讲话像没带耳朵一样。"

章兮兮鼓起勇气，突然站了起来，前言不搭后语，撂了一句话道："爸爸，给我钱吧。"

两个大人都愣住了，阿姨敷衍又尴尬地笑道："那，你要多少钱啊？"

说罢，又担心又防备地看了看章爸爸。

章爸爸不解地问道：“不是每个月都给你生活费吗？你那个妈妈怎么什么都让你来问我要钱？女儿又不是我一个人的。”

“你那个妈妈”深深刺痛了章兮兮，她想起妈妈平常的劳累辛苦，想起妈妈劝说她放弃编剧的梦想去上一个师范大学的时候自己还怪过她，听见爸爸这么称呼她，她反倒为妈妈委屈起来。比起她和妈妈简朴甚至寒酸的生活，此刻她置身在幸福美满的家庭里，被亲爸嫌弃指摘，感受到的是划清界限的疏离，她告诫自己不能像从前那样哭了，她赌气地说道：“给我十五万吧，我以后就不来烦你们了。”

阿姨眼含热泪地上前握着章兮兮的手说道：“五万块好吗？你看小妹妹正是每天都是要花钱的时候，你爸爸身体现在也不大好，你要是答应，阿姨现在就去银行给你取，好吗？”原来亲情到了买断的时候，也可以讨价还价的，既然如此，章兮兮回应道：“那十万吧。”章兮兮看了看爸爸，爸爸坐在沙发上点燃了一支烟，没有看她。

阿姨上前拿走章爸爸的烟，埋怨道：“不想着自己的身体，也要想想女儿的身体啊，怎么能在屋子里抽烟呢？”

章兮兮看着夫妻间最平常的一幕，明白那句话里的“女儿”一定不是自己，她看着阿姨道：“八万吧，给了我八万块，我就再也不来烦你们了。”

“傻孩子，这里永远是你的家呀，有困难就要来找我们呀。来，阿姨带你出去取钱。”

章兮兮跟着阿姨出去取钱，章爸爸留在家里看孩子，直到章兮兮拿到了八万块，章爸爸也没有出现过。阿姨握着她的手，温柔地说道：“兮兮，你是个说话算话的好孩子，你可要记得你自己说的，拿了这笔钱后，你再也不会来找我们了哦。”

章兮兮扯了扯干涩的嘴角说：“好的，阿姨，放心吧。”她转身离开前，看了看父亲住宅区的方向，不分东南西北的她，可能看的方向也不大对，只是冲着她自以为对的方向在心里默默道了别。她的眼眶有些酸疼，这笔钱，从头至尾没有人关心它用来做什么，大家将所有的注意力都集中在了数字浮动上。这也是父爱吗？章兮兮问自己，她没有答案。直到颠簸的大巴车开出去了很远，她才宽慰自己，或许父女关系有很多种，她和爸爸这样只不过是其中一种，无非是没有太多亲近，也没有什么不好，至少他给了一笔钱不是吗？好在，有了这笔钱，她至少可以和夏漱石先过去，到时候再通过打工什么的赚点钱。想到能与夏漱石相依为命，日子又不那么苦了。

章兮兮没有将过程告诉妈妈，只说爸爸先给了八万块，之后有需要还会再给，还骗她说爸爸也问起过她的近况。章妈妈听见这些，眼光里有些温柔，道："他心里还是有这个家的，是不是，兮兮？"章兮兮点头说是，心中一边为妈妈感到不值得，一边又突然觉得妈妈的爱好沉重，让她如履薄冰。

章妈妈转头从衣柜里取出了一个生锈的斑驳的糖果盒，打开后，有个存折，她拿出来道："这里面有五万块，是妈妈想要留给你的嫁妆，本想着等到你出嫁的时候，妈妈还能再攒一点。不过，如果你真的要出国，那就先拿去，毕竟出国和结婚，都会改变你的命运，是不是？只要你自己想好，就好。"

章兮兮看着手里的存折上的数字，心里一阵酸楚，知道这是妈妈全部的积蓄，忍不住问道："那你怎么办？"

妈妈摇摇头道："我在家里有地方住，也有饭吃，有什么怎么办的？就是你最近，找个时间，让我看看那个男孩子。"

提到夏漱石，章兮兮露出真心的放松的笑容，说："好。"临了，又忍不住补充了一句，"你见过他，妈妈，他比我好太多了，成绩好，人缘好，受所有老师的喜欢，又聪明又帅，比我好太多了，而且他喜欢我，保护我，对我很好”。章兮兮脱口而出的这些话，从未觉得有哪一句不妥，妈妈慈爱地看了看她，摸了摸她的头，缓缓道：“兮兮，你命真好。”

章兮兮和夏漱石每天背单词，希望托福可以考出个好成绩，过去之后可以先听英语课程。他们一起上课，一起放学，一起站在了命运的转折点上，信心百倍地面对一切未知，真真应了那句“有情饮水饱”，像极了凡·高的杏花，贫穷又辉煌。

夏漱石听说要和章兮兮见妈妈，也非常开心，两人找了一个周末回了趟家乡，他踩着单车带着章兮兮，聊着有的没的，从他想要读的课程，到国外的食物，任何一个话题他们都可以聊出花来，美好得不像话，直到夏漱石无意中说了一句：“如果你吃不惯国外的食物，我可以让我妈妈给我们做你爱吃的。”

章兮兮愣了愣，然后从自行车的后座跳了下来，惊讶地问道：“你妈妈也去？”

夏漱石刹住了自行车，自然而然地回了一句：“对啊，怎么了？”

章兮兮分外吃惊：“你怎么从来没有说过？”

夏漱石也觉得不解：“我以为这不用说啊，毕竟我妈一个人在国内，只会更难过不是吗？”

“可我妈妈也一个人。”章兮兮又一次想起父亲新家的温馨和妈妈的形单影只，原本留下妈妈一个人在国内，她已经心有不忍，但是也清楚现下的经济条件无法立刻带着妈妈一起走，她并不想要跟夏漱石述说这样的不舍，怕自己以爱之名绑架他，然而爱这件事，从来都是不患寡而患不均的。

夏漱石耐心地解释道：“兮兮，我知道你父母离婚了，你妈妈一个人不容易，但是我们去读书也不是不回来，我带着我妈出去，也是换换环境，毕竟我爸去世了。”

章兮兮忍不住打断道："我们出国念书，就是为了给你妈妈换换环境的附属品吗？我妈妈也是一个人啊，我爸爸有了新的家庭，再也不会跟她过了，她一个人在国内，跟她老公去世有什么区别?"这话章兮兮脱口而出，但是等到说完她才意识到自己说了什么，随后他们都沉默了，横在他们面前的是那辆刚刚载着章兮兮的单车，这辆单车载过他们无数的美好时光，似乎也拦住了他们即将到来的美好时光。章兮兮赌气地转身，只是懦弱地想要逃离这样不知道该如何收场的环境。这些日子以来的心酸和委屈，突然涌上心头，她对夏漱石充满了责怪，责怪他怎么这样不懂自己。明明只是气话，怎么可以不追上安慰自己，怎么可以不明白自己到底有多爱他，为他付出了多少……直到她走了很远，再扭头一看，发现夏漱石已经没有了踪影。尽管夏漱石可以骑上单车轻轻松松就能追上他的一生挚爱，但是那一刻他没有。人恰恰就是这样，做出的最烂的选择，往往是在一堆最佳选择里。

章妈妈为了见夏漱石准备了满桌子的菜，甚至特意去打理了头发，却见到了章兮兮一个人回来。章兮兮将这一切看在眼里，这种刻意和隆重让她体会到了捉襟见肘的窘迫感，随之而来的是愤懑和不甘心。她只冷漠地将钱还给了妈妈，简单地说了一句："我不出国念书了。"章妈妈追问了几句，章兮兮都懒得回答，闷闷地进了房间，章妈妈又气又急，追到了房间不停地数落她，从指责她做事情向来想一出是一出不负责，到她如何准备了今天的菜品，说着说着她似乎触景生情，范围开始扩大到"男人都不是什么好东西"，这让章兮兮的愧疚荡然无存，她甚至赌气地想还不如什么都不管直接跟夏漱石出国算了，随即她又厌恶产生这样想法的自己，提起包就回了学校，用了对待夏漱石的同样的方法对待妈妈——落荒而逃。

章兮兮开始沉迷网络，也时常会在榕树下写些文学评论，后来开始连载些散文随笔，慢慢地也开始写起了小说。这一切的沉迷都源自那个午后，她和夏漱石再也没有联系过对方，仿佛一下子按下了暂停键。他们俩谁都没有和对方说出“分手”两个字，可是谁也不知道该怎么办，但是谁都不甘心，只好各自逃避。

大雪纷飞的清晨，章兮兮在从宿舍前往图书馆的路上，留下了一排清晰的脚印。就那一天，何昭在她给汪曾祺《鉴赏家》的文学评论下留言，与她讨论起汪曾祺的创作风格，她与他相谈甚欢，从BBS聊到QQ，后来才知道，原来何昭一直在看她的小说。他简单地介绍了自己，说刚回国，因为一直对文学很感兴趣，有一笔家人给的创业金，他希望尝试涉足出版行业，希望出版章兮兮的作品，同时提出了一些修改意见。章兮兮很是高兴，于是将连载的故事进行打磨，但是何昭都不大满意，她却越挫越勇，每天起早贪黑。薛一笙来看过她几次，看着她披着毫无美感的校服在写东西的样子，称呼她为“当代鲁迅”，并表示只要章兮兮一出书，她一定有多少钱就买多少，一定要为她“一掷千金”。听得章兮兮分外感动，感情颇为复杂，既有一种千里马遇到了伯乐的感恩，还有士为知己者死的激动，甚至还有一种古代花魁要被人赎身的错觉。

章兮兮书稿被退回的那一天，正好是12月末，她琢磨着差不多到书稿意见反馈的时间了，就守在图书馆里，蹭着虽然不大好、但是也比宿舍的强的信号，果然到了傍晚时分，收到了何昭的意见，他那时候也听取了出版社有经验的老编辑的意见，最终反馈给章兮兮的还是不满意，尤其是对她书稿中的感情部分表达提出了不满，但是这一次没有给修改意见，反而劝她不用着急，慢慢来，不行就算了。章兮兮心如死灰，想起了一堆悲观的可能性。何昭会不会出版别人的书，因此才如此委婉，简直就是变相地拒绝。就在她瘫在椅子背上不知道该怎么办的时候，邮箱里又收到了一封邮件，在这个让人瑟瑟发抖的冬天，这封信来自夏漱石。

兮兮：

我是今天夜里的飞机离开南京，原本不想和你说，想着走都走了，一了百了，何必拖泥带水？检查行李的时候，发现总是少了什么，我想除了你以外，这里没有什么是我无法放下的。我爱你这件事，写满了过去和现在，也一定会带到将来。眼下我已经和其他朋友都一一告别，唯独没有与我最重要的人说过只字片语，对你实在不公平。我是放不下你的，想到你在别人口中知道我的行踪，我就忍不住骂自己。

兮兮啊，来送送我吧。

漱石

最后一句话充满了不可抗拒的魔力，那个暂停键一下子被取消了，他们似乎完全忘记了那天的尴尬，章兮兮满含热泪，很快查到了他的航班，立刻裹上了大衣，拿着钱包，随意扎了头发，迎着大雪逆着风走向公交车站。她没有想见到了面要怎么办，毕竟他们冷战了这么久，说是分手也不为过，但她就是想见他，想要抱抱他，想要亲口说再见。寒风中她上了公交车，这一刻电话响了起来，来电显示是薛一笙，她接了起来，电话那头却不是薛一笙的声音。

“你好，章兮兮是吗？你是薛一笙的好朋友对吗？她出事了，在医院……”

章兮兮愣了愣，了解了一下原委，才得知，薛一笙在实验室肚子疼到晕了过去，路过的同学赶紧送她去了医院，根据薛一笙的通话记录的次数发现了章兮兮的号码。但是鉴于那几年电话信息泄露严重，诈骗甚多，薛一笙将父母的名字设定成了“薛大王”“薛家压寨太太”，这位好心人自然不能通过通讯录查到她父母电话。

夜晚十点钟的大学城大雪纷飞，路灯下卷起的是千堆雪。章兮兮看着车窗外奔命回学校的零星几个同学的身影，有点恍惚，她突然发现她与薛一笙在不知不觉中长大了。从前初中高中的时候，她们看夕阳、逃课、看小说，到后来薛一笙帮她出头，屡屡给她指点人生方向，尽管判断也不大准确，可是一直给予她帮助，在危难时刻出谋划策、挺身而出的都是薛一笙。如今她们成年了，离开家乡离开父母身边，她们依旧相互陪伴着，这大概是薛一笙人生里第一次被动地发出了求救的信号，自己怎么能丢下她呢？章兮兮面无表情地下了公交车，车外冰冷的雪花砸在了她的脸上，她跑到了对面的站台等待开往医院的公交车，然后眼睁睁地看着机场的那一班公交车离她远去，消失在雪中。她来不及想这一班公交车的尽头是哪里，她拖着沉重的步伐，一步一个脚印地踩在已经积雪积到了小腿肚子的马路上。

夜里两点的时候，她才全部忙完，终于可以喘口气了，她联系上了薛一笙的家人，又给陆展信发了信息，等到一切都办完，屋外的积雪已经很深很深了。她坐在薛一笙的床头，看着沉睡中的薛一笙，窗外的雪花上写满了她们共度的时光，片片皆珍贵，如今她也能照顾她了，有种身在异乡相依为命的感觉，她还挺高兴的。病房外有家属轻轻走过，低声议论着外头的大雪：“这么大的雪，我听说很多飞机都停飞了。”章兮兮抬起头来，不死心地给夏漱石打了电话过去，电话那头传来了“您所拨打的手机已关机”的提示音。飞机都停飞了，唯独载走他的那架飞机绝尘而去。她给夏漱石发了一条短信，大概说了下情况，那条短信一直呈现发送中的状态，如今看来，想必是没有发出去的，因为从此以后，夏漱石没有再联络她。

章兮兮是在一边照顾着薛一笙的过程中，一边修改文稿的，死活求着何昭，请他让那出版社的老编辑再多看一眼，没想到老编辑看完修改稿后评价说，文字中充满了大雪纷飞感，使得内容区别于一般的校园青春，同意让何昭的公司出版，于是章兮兮的处女作终于获得了出版的机会，而何昭的出版公司也开了张。

大雪放晴后的一天，何昭颠颠地跑到了章兮兮的学校，给她带来了两本样书。一路奔波，灰头土脸的他一点没有归国留学生的精英范儿，见到章兮兮也特别自来熟，一把钳着她的脖子，操着一口北京话，带着天生的喜感，道："嘿，被我逮着了吧。"

章兮兮反身就是一个飞毛腿，未遂，两人倒在了草地上，一通没来由的大笑，仿佛是多年的朋友。她问他："你为什么要做出版啊？"

何昭双手枕在脑袋下头，和章兮兮并肩躺在草地上看着天空，轻描淡写地说道："我妈走得早，我呢，从小生活在国外，对她挺好奇的，有一年回国，去我外婆家看见妈妈长大的地方，堆满了书，这么说吧，我妈肯定是个美貌的文艺女青年，特别喜欢汪曾祺，这说明她不但美貌和有文化，还很有品位！"

明明是至少让人唏嘘的经历，却被他四两拨千斤地讲出来，章兮兮是笑也不是，不笑也不是，问道："那你就做出版啊？"

何昭点头道："是啊，我觉得我妈要是在世，肯定还喜欢看书，也肯定会支持我。"

"那你为什么选我的稿子啊？"

"因为你写的汪曾祺的文学评论很不错。"

"就这个？还有别的吗？"

"别的？"

"比如才华横溢什么的。"

"那没有。"何昭想了想，一本正经地说道，不等章兮兮发火，连忙又补充了一句，"不过你放心，哪怕你是个三脚猫的水平，我会运用我的商业才华，把你打造成畅销书作家，这样我们就会各自迎来事业的春天。"说到春天，何昭又追问了一句，"你这次的作品里，为什么会有如此浓郁的大雪纷飞感呢？难道是在大雪天写完的吗？"

“不然呢？”章兮兮没好气地翻了个白眼，末了，补充了一句，“奸商！”章兮兮看着蓝天白云，想起那场大雪让夏漱石与自己彻底分开了，如今夏漱石不仅远在意大利，还杳无音信，憋了许久的情绪化作两行热泪，汩汩而下。

何昭一侧脸，看见章兮兮太阳穴上的泪痕，先是一惊，随后忍不住拍了拍大腿啧啧称赞道：“看来我选对了，你们文艺女青年就得看着阳光啊风啊什么的，然后悲春伤秋，随时流泪，对吗？好了好了，你这会儿是不是有灵感了，赶快去写东西吧您哪。”

那一刻章兮兮算是明白了，难怪何昭能对自己那么不快乐的经历四两拨千斤，原来是他对什么都能举重若轻，人类真是有很多种啊。但是章兮兮那时候更多想的是，如果不是薛一笙突发的阑尾炎，那她是不是跟夏漱石会有不一样的结局？

到如今，她看着眼前十多年不见的夏漱石，有些不真实，十多年前她想念他，如今他站在自己面前，她的思念并没有停止。

“当初那么多架飞机都被延误了，偏偏你那架能飞，可见拦在我们面前的，不是她的阑尾。”章兮兮打趣道，逗乐了夏漱石。

夏漱石调侃道：“这么悲伤的事情，被你说得这么乐，倒是挺会四两拨千斤的。”章兮兮愣了愣，没有回答他，随后侧头看着夏漱石，冲他平静地笑了笑，又转了回去，那马尾晃来晃去，惹得夏漱石习惯性地伸手想要拽她的马尾，胳膊抬起来后才发现不妥，晃了个圈又收了回来，挠了挠后脑勺，道：“你爸妈还好吗？”

如果放在从前，章兮兮一定会维持表面的平静说个好字，但是到如今，她释然了很多。不让对方知道自己的难处，独自默默去处理，最后处理得好或者不好，对方都不自知地留在那里，到底是要感动谁呢？“不好。”章兮兮吐出两个字。

“不好?”夏漱石微微吃惊，问道，“怎么了？难道还是因为爸妈离婚的事儿?”

章兮兮从堤坝上轻松地跳了下来，一边拍拍手掌的灰，一边往回走，夏漱石也跟着跳了下来，跟着她，他们的影子投射在嶙峋的石头上，斑驳不平。许久，章兮兮才回答他，那些话轻轻地落在石头上，好像不需要什么力气似的——“我妈去世了，我也没有爸爸了。”

15

章兮兮与夏漱石交错的情感里，有两次重要的转身。一次是在大雪纷飞的夜晚，她转身去了薛一笙的医院而不是机场，那时候，她失去的不是告别，而是重来的机会。但是命运又给过她一次选择，这个时机出现在大学毕业的时候。

与夏漱石分开后，林晓森来找过章兮兮。说来也怪，从前章兮兮与夏漱石没有说过分开的时期，她反而默许了林晓森来自己身边，弥补她的孤独和脆弱。如今她与夏漱石已经明确地分开了，她却不再希望与林晓森有什么瓜葛，尽管一直强调说“我只是在你难熬的时候陪陪你，不求其他”，可是章兮兮依旧拒绝了，连林晓森邀请她参加自己出国前的告别晚餐她也婉拒了。林晓森大四那年要去美国读研，对他来说，与章兮兮之间隔着一片海，或许会让他忘她忘得快一点。纵使林晓森心路历程如何波澜壮阔，只换来了章兮兮的一句“抱歉，我没空去送你”。

章兮兮毕业的前一天，收到了夏漱石寄来的一个包裹，里面有很多他在当地买的画册和书，各种小玩意儿。章兮兮拿起一本画册，来自贝雷拉美术馆，里面夹着门票，上头写着2009年3月，米兰，小雨；雪茄管上贴着标签，2009年4月，西西里岛；玩偶面具上挂着小标签，写着2009年4月，威尼斯，晴；羽毛笔的盒子里有张小便笺，写着2009年5月，佛罗伦萨，晴；埃及法老的猫咪尾巴上挂着一个标签，上面写着，

2009年6月，都灵，小雨……所有的东西里，都有着各色各样的标签，标签上虽然只有时间、地点和天气，却充满了想念和爱意。在最后的一个小盒子里，有一只mp4，她打开来听，发现没电了，她无奈地找充电器充电，然后才打开，里面只有一首歌，是张信哲的《信仰》。从前的种种扑面而来，在这些年的情感面前，她觉得那些争吵和冷战是微不足道的，她貌似平静的生活里，充满了对夏漱石的不舍和依恋，只是她缺少一个台阶、缺少被人推一把的时机，所以不知道要如何转弯甚至回头，她担心他们的感情已经不似从前坚固，她担心她只是一厢情愿，但是这首歌打消了她所有的疑虑。而盒子的最底层，有一个信封，信封里是一张机票，机票的反面，写着一句话：我在都灵等你，你来了，我们结婚，再也不分开，好不好？

章兮兮捧着这个盒子蹲在地上哭了，她觉得又高兴又幸福，好像和夏漱石从来没有分开过，热恋的时候，一天不见就像隔了万万年，相爱却分开的人，无论隔多久，万万年又好像就一天的光景，无须多言。章兮兮此刻就觉得自己是后者，她又欢快地绕了几个圈，简陋破旧的宿舍也不能阻止她转圈圈的脚下的花儿盛开。

自从出国未遂后，章兮兮把父亲给她的钱存在了银行账户里，自己也陆续有点微薄的稿费收入。为了能多凑一点钱，章兮兮找到了何昭。

当时何昭刚刚整顿好公司的选址和人员，虽然章兮兮的书前面卖得不好，好在章兮兮足够努力，每本书的销量都比前一本都有了进步，何昭也陆续签约了一些其他的作家，毫不意外的是大部分作家的作品都比章兮兮的卖得好。章兮兮见到何昭后，聊了聊新书的选题，聊了半天两人都有些心不在焉，最终章兮兮忍不住了，说明了来意：“你看，我能不能签你未来的两本书，你给我预支一点稿费。”

何昭有些紧张地问：“是发生了什么事情吗？”

章兮兮心中一暖，想起当年问爸爸要钱的时候，爸爸也没有问过她要钱做什么，如今这个奸商还知道关心一下自己，于是便和盘托出了自己的计划，之后就紧张地注意何昭的反应。

何昭沉默了许久道：“也行，毕竟作家还是要行万里路的，可能你之前一直等不到你的作品的春天，就是路走少了。”当下同意了预付未来两本书的稿费。

这一下，去一趟意大利大概是最不成问题的问题了，奔向爱情的路上，她不需要担心没有钱，也不需要担心奔跑的尽头没有爱情。人的一生中，很难有一瞬间无忧无虑，还能体会这样无忧无虑的价值所在，哪怕仅仅是一瞬间，因此，她觉得实在是太幸运，时光发着光，好日子说来就来了！

章兮兮的毕业仿佛走了个过场，她无心顾及学士服的拍照，学士帽的飞扬，她只想着要去意大利都灵，要去找夏漱石。他们恢复了聊天，恢复了通话，他们甚至开始给对方写信，也不管对方什么时候能收到，就是想要去表达，好像要把这一年的分别和思念都表达出来。虽然网速不好导致QQ视频非常卡，也不妨碍这两人欢欣雀跃的心情，好像从前的不愉快都可以统统翻篇，他们默契地不提及从前任何的不愉快，只想着美好的未来。

夏漱石信里说，他们长大了，他们更加相爱了，是最幸运的一种走向。命运按下云头，打个哈欠，心想，呵，傻孩子们，这叫作回光返照。

唯一提出异议的是章妈妈，起初话题只是围绕着“一个人在海外很容易叫天天不应叫地地不灵”，后来变成了“一个人在他那边被欺负了怎么办”，尽管章兮兮每次都有理有据地解释和安慰，却依旧无法平复章妈妈的担忧，她又絮絮叨叨说起父亲的不负责任，以及她付出的不成正比的惨状，叮嘱章兮兮不要走自己的老路。当年与父亲不愉快的见面已经时隔了很久，如今又是一切顺遂的时候，章兮兮也懒得计较当年受到的委屈，一心只想去意大利，只觉得妈妈的那些话十分聒噪，想起那次与夏漱石的分开后回家，也是这样的感受，实在忍受不了了，便顶嘴道："你叮嘱不要我走你的老路，是叮嘱吗？我看分明就是诅咒我。"她挥舞着机票，仿佛是制胜的法宝，"他爱我，我们分开了那么久，他也没有忘记我！"

"那他为什么不回来，非要你过去?!"

"他留在我身边有什么用？爸爸留在你身边这么些年，不是也跟别人跑了吗?!"章兮兮　道，思路清晰，条理分明，字字戳心。亲人之间总是这样，笃定血浓于水，就可以肆无忌惮地发泄最负面的情绪，往往一击致命。

果然，这话一出，章妈妈无话可说了，她恨恨地转身过去，拿出放着存折的盒子，像是同样拿住了翻盘的筹码，狠狠地放在两人面前的桌子上，然后对章兮兮道："这些钱我都不会给你的!!!"

章兮兮原本因为激动说错话的愧疚荡然无存，她虽然有了稿费，但是不足以支撑未来生活的大头，眼前的存款才是关键，她冷冷地说道："八万块是我爸给我的，你的钱我不要了，我要爸爸给我的那一份。"

章妈妈也赌气回道："如果不是我把你养这么大，养这么好，你爸怎么可能给你钱？"末了，不忘补充一句，"你就给我在国内待着，哪里都别想去，老老实实找份工作，当个老师，将来好找对象，这些都是为你好！"

章兮兮在这一刻出离的愤怒，这些年她活得战战兢兢，如履薄冰，为的就是照顾她的感受。为什么到了这个点上了，妈妈却不愿意支持自己？反而拿她自己的遭遇套在章兮兮的身上？并且逼迫章兮兮接受？比起"己所不欲勿施于人"，"己所欲，亦勿施于人"更加重要，多少亲情因为加上了"为你好"三个字变得面目可憎？章兮兮被妈妈的话彻底激怒，她几乎是本能地脱口而出："你哪里为我好了？你不过是怕我走了，爸爸就更没有回来的可能罢了，你就想要我拴住你老公，可是他早就不是你老公了，他有家有孩子，跟我们，尤其跟你没有半点关系，你清醒点吧。”

妈妈一巴掌举起来，但是看见女儿因为愤怒而发红的眼睛，没有打下去，她狠狠打了自己一巴掌，怒道：“是，是我没本事，被你爸爸抛弃，如今还要被你笑话！”不知道从什么时候起，曾经穿衣打扮考究的妈妈，已经被干枯花白、毫不讲究吃穿用度的模样替代。章兮兮打心眼里心疼这样的妈妈，但是临到这个点上，她的心疼早就被怒其不争所替代，她厌倦了一直以来亲情的绑架，绑架着她必须懂事必须隐忍，这些痕迹在她身上已经无法抹去，这让她在此刻分外厌恶她自己。

“是啊，你没本事所以我才没本事，所以我才要离开你，爸爸是，我也是！就是要离开你！”她歇斯底里发狠一样的话，终于结束了母女两人的争吵。章妈妈转身去擦桌子，章兮兮看着她颤抖着的背影，知道她在哭，但是这一次她却懒得安慰她，她拿起了钥匙，抓起钱包，蹬了两只鞋，气呼呼、恶狠狠地摔了门。

逼仄的单元楼里，过道里有饭菜和混浊空气糅合的味道，楼道的角落里是邻居们堆放的杂物，落满了灰尘，可就是不肯丢弃，她转弯的时候被电线绊了一跤，正在充电的电瓶车的电线插座被她弄松了，她又给插上。抬头看着数年如一日的环境，章兮兮感觉快要窒息了，她一定要出去，哪怕不是去找夏漱石，她也要离开这里，离开这个女人，否则她的命运就会和这楼道里的杂物一样，每天一个样，一眼望得到头的枯燥乏味。

走出逼仄的单元楼，她其实也不知道要去哪里，她一抬头，看见斜上方的妈妈在看着自己，隔着老远她也能感觉到妈妈眼睛里的愤怒和悲伤，妈妈问道：“你去哪里？”

章兮兮吼道：“关你什么事！”说罢她加快步伐逃离她的视线。

她在小卖部门口买了自己最爱的汽水，结账的时候看见冰柜里有雪糕，问了一句："有绿豆棒冰吗？"

小卖部老板摇摇头，章兮兮将汽水放回，决定去远一点的超市买个绿豆棒冰，那是妈妈最爱吃的口味，想到这里她突然气消了很多，想着自己也有不是，干吗发那么大火，她要唠叨就让她唠叨好了。结账的时候，突然听见一声很响的爆竹声，甚至觉得大地都摇了摇。店主和她惊魂未定，不由自主地埋怨道："这是谁家，大白天的放爆竹，简直要把人吓死。"

章兮兮附和了两句出门，抬头就见家的方向冒着滚滚黑烟，看热闹的人仿佛从地下钻出来的一样，议论纷纷。

"这是着火了吗？"

"我看是爆炸。"

"打119了吗？消防队怎么还没有来？"

……

章兮兮叼着喝汽水的吸管，愣在了当地，总觉得有些什么事情没有顾虑到，却又说不上来。突然间她拔腿就跑，被一个路人拉住，劝道："看热闹不要靠太近，被浓烟呛着可不得了。"章兮兮甩开他的手，继续跑，留下那人不可思议地感慨："现在的小年轻，为了看热闹都不要命了。"

消防车的声音由远及近，章兮兮跑掉了一只鞋子，却死死握着手里的绿豆冰棒，冲到小区楼下的时候，被邻居们拦住，眼前已经是满目疮痍，滚滚的浓烟，一地的玻璃碴子和碎石子，她的脚被磨破了，却无暇顾及，她抓住消防员，大喊大叫："我妈妈还在里面，我妈妈还在里面，求求你们救救她……"她看着一个个被救出来的人，反复确认妈妈在哪？终于看见抬出来满身是血，已经昏迷的妈妈，她追着妈妈的担架上了救护车，但因为医院要救的人太多，除了医护人员和受伤的人，根本没有家属的空位，她又被赶了下来，四处寻找能去医院的交通工具，却屡屡碰壁。

好心的邻居大叔，刚接外孙从美术兴趣班回来，见此情况，赶紧招呼章兮兮上他的助动车。章兮兮感激涕零，坐在邻居的助动车后面，两边是滚滚车流，她手里死死捏着的绿豆冰棒已经融化，她却浑然不觉，满脑子都是她和妈妈的争吵，那些话字字诛心，刀刀见血，她怎么就能这样说得出口？她心里满是痛苦和焦灼，想要大叫想要大哭，却全部都堵在嗓子眼里，无尽的沉默后，她突然开口，声音沙哑，话里透着一股子血腥的味道，问了那个邻居大叔："李叔，你说，我妈妈会不会死？"李叔一边开得更快了，一边安慰她，絮絮叨叨说了很多，可是她一个字也没能听进去。

离医院还有一个路口的时候，李叔的助动车没电了，与车上两人的心情形成了鲜明的对比是——助动车缓缓在地上滑动。章兮兮索性跳下车，冲向医院，像一个披头散发的疯子。路上她的脑子不受控制地浮现从前与妈妈相处的种种，她想起高中的某一天中午回家，妈妈吃的那顿残羹冷炙，想起妈妈一个人在夜晚偷偷地哭泣，想起她拼命打工的身影……她嗓子堵得慌，眼泪喷薄而出，她发不出任何声音，只有止也止不住的眼泪。

手术室门口陆续有家属来了，有些在号啕大哭，有些在咒骂始作俑者，有些在谈论赔偿……这一刻的离合伤悲都被共情了起来。章兮兮颓唐地坐在角落，等着手术结果，她浑身无力，无暇顾及振动的电话，她默默地把手机关上，瘫靠在墙上，用最后的毅力睁着眼睛，巴巴地看着手术室，仿佛所有的力气都交给了这一次的等待。最终的结果是，由于私拉电线为助动车充电，导致电线短路起火，引起了燃气爆炸，在这次事故里，死亡3人，其中一个是章兮兮的妈妈。

章兮兮得到的不仅仅是死讯，还有妈妈已经是肺癌晚期的消息。章兮兮想起和妈妈最后一次对话的时候，她的委屈愤懑和不舍，她对妈妈的指责和不满是那样的刻薄恶毒。如果妈妈想要用亲情绑架自己，没有什么比说出病情更简单，更能直接达到目的的了，可是妈妈没有。她就是不放心她出国，她就是想为她好，尽管在她短暂而平淡的一生里，对“好”的认知是这样的单一，但是她依旧想要为女儿好……

医生告诉章兮兮可以去太平间再看看妈妈，她点点头，随后走向通往太平间的走廊。那走廊空荡荡的，她仿佛走入了从前的时空，她想起从前家里的欢乐时光，想起妈妈一个人独自坚强的时光，也想起了最后面目可憎的争吵，此时此刻，一切的一切，都有了尽头。她甚至想，如果她没有摔门而出，而是继续吵架，或许就不会去给那个劳什子助动车插紧电源线，或许就不会有这次事故。哪怕就算没有她插紧那个插座的动作，就算还会有火灾事故，那么至少她们可以死在一起！她明明知道妈妈孤独，需要陪伴，但是她依旧用最直接最残忍的话去撑她、伤害她，她不仅对妈妈的好视而不见，甚至去往她的伤口上撒盐！但是一切的一切，都抵不过她自己为什么要把那个该死的充电松掉的插头插紧呢？如果没有那个动作，妈妈就不会死，她们或许还会吵架，但是妈妈至少会吃完那支绿豆棒冰不是吗？毕竟她那么节省，那么害怕浪费！是自己害死了妈妈，对，是自己的自私害死了妈妈。不就是夏漱石吗？不就是爱吗？什么狗屁爱情能比妈妈更重要呢？她自己的爱情，凭什么要建立在让妈妈负重前行的基础上呢？她怎么可以这么混蛋？和畜生有什么区别？

冗长的走廊里，章兮兮的背影在昏暗的灯光下，单薄如纸，她麻木地走着，与行尸走肉无异，突然间，她抬起手，给了自己一记耳光，那耳光的声音回荡在了压抑的空间里，然后她麻木地毫不停歇地猛烈地狠狠地抽打自己，一个接一个，哪怕嘴角流血了，她也不觉得疼。直到她看见闭着眼的妈妈，才缓缓地停住了抽打自己的动作，她伸出红肿的手去摸了摸妈妈的脸，就在指尖碰到冰冷的皮肤的那一刹那，她缓缓地、缓缓地跪了下来，心绞的痛苦遍布全身，她披头散发地跪在地上，眼泪珠子打湿了水泥地，她蜷曲着身体，单薄的身体簌簌抖动着，在这个冰冷的空间里，突然回荡起了一个沙哑又绝望的声音，这声音只有五个字——

妈妈啊，妈妈……

有些人的成人礼是学士帽飞向空中的时候，有些人的成人礼是结婚的时候，有些人的成人礼是自己孩子出生的时候……但是更多的时候，成人礼是伴随着一次次生离和死别翩然而至的，毕竟从未有人规定过礼物一定是要让人高兴的。基于此，章妈妈的死只是章兮兮成人礼的开端，其他的礼物接踵而至，劈头盖脸、铺天盖地，将她打到了尘埃里，连爬都爬不起来。

章妈妈的葬礼办得很简单，薛一笙、陆展信、居南川都来了，陆展信的妈妈张罗着一切，因为葬礼一条龙产业已经非常成熟，所以他们基本没有费事，保证了有条不紊地进行，周到且无情。

章兮兮是在灵堂外头接到夏漱石电话的，她此刻疲惫到矛盾的心情都没有。毫不知情的夏漱石开始张罗着她过去都灵的事情，还叮嘱她到时候在哪个出口等他，甚至打趣她千万不要被意大利男人的赞美迷惑，因为他们对谁都这样吹捧。章兮兮没有力气去应和他，虚弱地说了一句："我不去了，你要是爱我，就回国来找我。"

电话那头的夏漱石明显愣住了，连忙问她发生了什么，随后就急了，忍不住嘟囔了几句怎么又跟从前一样，章兮兮没力气解释就挂了电话。她抱着膝盖坐在台阶上哭哭停停，总觉得有人看着自己，一回头，冷不丁吓了一跳，何昭正一脸嫌弃地看着她，见到章兮兮回头，他才勉强克制了一下嫌弃的表情。

章兮兮一抹眼泪，发现鼻涕抹到了嘴上，毫不讲究地卷起衣服的下角擦了擦脸。刚要开口问他怎么来了，何昭率先劈头盖脸一顿数落：“章兮兮，你是不是小说写多了，把自己当女主角了？我刚刚听见你打电话了，你是不是有毛病?”

章兮兮被骂蒙了，主要是没有想过在今天这样的场合里还有人会骂自己。

何昭显然没有打住的意思，继续道：“你给你那个男朋友说些什么东西?”说着就学章兮兮的语气模仿了一遍，“你家里的事情都不告诉人家，人家怎么能体谅你的处境，心灵感应吗？你上下文都不给，就来一句什么我不去了，你这不是拿人家开心吗?”

章兮兮被他这么一骂，竟觉得很有道理，抽噎了两声，哑着嗓子道：“可我说都说了，怎么办?”话音刚落，手机又振动了，章兮兮赶紧接了起来，刚要说话，对面却传来了夏漱石妈妈的声音，她赶紧清了清嗓子道：“阿姨好。”

夏漱石妈妈开门见山地说道：“我不知道你和我儿子之间发生了什么，他现在要为你放弃读博，要回国，我现在正式和你聊两句。”

章兮兮惊讶万分，战战兢兢地嗯了一声。

“你跟他算是从小一起长大，但是漱石的人生不该是这样的，他这么优秀本来应该有更好的人生，你知道是哪个节点改变了他吗?”夏妈妈停顿了一下，并不等章兮兮回答，继续道：“我告诉你，这个节点是他在高考放弃保送机会开始的，你想一想，我说的对吗?”

如果夏漱石没有放弃保送的机会，他一定进入了全国最好的学校深造，那么他的爸爸或许就不用在那个时间节点特意绕道去看他，那么就不会有后来的提前离世，因此，夏漱石就不用为了清还债务休学，迫不得已去意大利读书。如果夏漱石不去国外念书，那么她也不要闹着要出国而发生惨剧。是的，她不仅仅害死了自己的妈妈，也间接地让夏漱石这么悲惨。章兮兮瘫坐在石阶上，她对自己的认知跌入了有史以来的最低点，所有的自责、愧疚和痛恨都砸向了自己，她哭着说“对不起”，不知道是向夏漱石还是向自己的妈妈。

但夏妈妈明显没有耐心听她哭，她说：“所以请你离开他，你真的跟他八字不合，不要再连累我们家了，好吗？”

电话那头传来嘟嘟的声音，章兮兮涕泪横流的脸上写着痛苦不堪，她很想有人在这个时候否定一下自己的想法，比如说“不怪你”什么的，但是下一秒她就觉得自己的想法多么不堪和肮脏，她不配，不配得到这些。她手里的电话被何昭猛地抽走，回拨了过去，就在等对方接起来的简短的空当里，何昭非常笃定地看着章兮兮，对她说：“我不管你求她也好，威胁也罢，你现在就跟她说清楚你的情况，你必须要让她接纳你。听清楚了吗？否则你永远都回不到夏漱石身边了。”

何昭一改往日的嬉皮笑脸，如此正经强势让章兮兮有点蒙，只知道点点头，拿过电话，听见了那头传来了夏妈妈不耐烦的声音，她鼓足勇气、缓缓地、赌上了最后的尊严说道：“阿姨，我妈死了，我只有漱石了，能不能可怜可怜我……”

电话那头的对方沉默了一会，又恢复了刚刚的语调，道：“那你节哀。失去至亲这件事情，也不是什么稀罕事情，对不对？漱石他也没有爸爸了。一切都会过去，你要坚强，不要给我们添麻烦了，你听清楚了吗？”

手机从章兮兮的手里滑落在石阶上，跌得粉碎。石阶旁边有一棵树，树下坐着抱膝的章兮兮，她眼神空洞，对着无尽的黑暗，麻木地说：“求求你……”然后她缓缓地看向了何昭，扯了扯嘴角，缓缓地说道：“手机怎么没了……”她的声音有些清晰，缓缓地爬上树梢，覆盖在了每一片树叶上，最终化作无数的无形刀刃落在了章兮兮的肩头，密密麻麻。

何昭竭力装作平静地说道：“你尽力了，尽力了就好……”

章兮兮还想跟何昭说说话，想发出点声音，什么声音都行，她颤颤巍巍地站起来，然后一回身，就晕了过去。

16

夏漱石和章兮兮顺着老街的路随意地走着，这街道从未变过，连路牌都是十年如一日，和他们小时候一样。街道上两人的影子，像一双翅膀。

夏漱石转身看她，声音沙哑："那时候，我是真心想要回国再找你的，我想你肯定发生了什么事情，但是没有想到是这么大的事情。"末了，他尴尬地笑了笑，"他们也都没跟我说过。"

章兮兮苦笑道："是我让他们不要告诉你的，那之后你再回来，我还真不知道该怎么面对你。"

"可是你妈妈去世，为什么又和你爸断绝关系？那不正是你们修复的最好时机吗？"夏漱石问道，满脸都是心疼，"现在还有可能和好吗？"

章兮兮轻描淡写地说道："没可能了。不是我和我爸爸断绝关系，是他和我断绝关系的。"

章兮兮从病床上醒来，看见何昭正在床尾打盹，心里十分愧疚，蹑手蹑脚想要下床却不小心一脚踹在了何昭脸上，何昭惊醒后看见一只脚又吓了一跳，刚要揍她，就看见门口来了一个人找章兮兮。一打听是章妈妈生前一起打工的同事，那人带来了章妈妈遗留下来的一些物品。看见了何昭，误会成是章兮兮的男朋友，上前握手一顿猛夸："早就听她妈妈说起你了，果然一表人才，我们兮兮眼光真不错，你是从国外赶回来的吧？太有心了，这孩子，有本事，心地又善良，兮兮啊，你妈妈在天可以瞑目了，你也有依靠了。”

章兮兮尴尬且抱歉地看着何昭，何昭倒是一改往日里嬉皮笑脸的毒舌毛病，上前应对：“阿姨客气了，多亏她看得上我，不然我哪里配得上她。”随后他礼貌地接待她，寒暄了几句。章兮兮有些意外，她好像从记忆里起就是被“照顾”的人，好像好的东西都不配属于她，如果她拿到了好的东西，那一定是命运的垂怜，她曾经想要反抗这些设定，但是久而久之她发现自己的确不够优秀，别人想的也没有错。到了如今的时刻，她更是这么觉得，但是听见何昭的话，只觉得他是客气，很温暖、很义气的客气而已。章兮兮根本不敢看妈妈的遗物，倒是妈妈的同事翻出来一只过时的诺基亚手机给了章兮兮，对她道：“你看看要不要通知一下你妈妈的朋友们，里头有电话号码。”

章兮兮一边哭一边翻着电话，无意中却看见了短信的发件箱，愣了愣，又仔细地看了看，随后想了想，决定给爸爸打个电话，用沙哑的声音说了一下发生的事情。妈妈的同事看她联系上了章爸爸识趣地走了，何昭上前寒暄答谢送人走，倒是行云流水，不仅送人走，还捎上了薛一笙和居南川来医院。薛一笙帮着她去领到了一笔赔偿款，这款子已经发了好几天，居委会来催了好几次，最终薛一笙跑去帮她领了，一共八万块，揣在她的书包里，又麻利地帮她办完出院手续。

何昭原本要照顾章兮兮，但是被薛一笙一通推辞，让他别管了，送他上了去汽车站的出租车，谁料何昭并没有赶上当天的车，只好找个就近的旅馆将就一晚。

经过这些接二连三的折腾，章兮兮想不管妈妈的离开还是夏漱石妈妈的嫌弃，她还是有爸爸的，她想着学生时代爸爸给钱让自己买书的场景，觉得人生的尽头总归有些温暖在等待。她前往汽车站接爸爸，见到爸爸出站了，她扑了过去，抱住了爸爸，那一刻她一点儿也不想再记恨从前的种种，眼前的这个人，是她最后的亲人了，是多么的珍贵。

爸爸带她去了汽车站边上的小餐馆，章兮兮狼吞虎咽猛吃了一顿，这几天来她几乎没有好好吃东西，见到阔别许久的爸爸突然放了心，感觉到了饿，可没想到，刚吃了两口后，就不断地打嗝，周围的顾客笑着看她。她四处找面巾纸，却见到了邻桌狼吞虎咽的何昭，何昭刚要起身打招呼，章兮兮一边摆手示意不用过来一边继续打嗝，等找着了面巾纸后，发现爸爸不见了，出去找，看见了爸爸在路灯底下打电话，表情充满了宠溺，柔声哄着电话那头的孩子。章兮兮的嘴角粘着米饭粒，打着尴尬的嗝，又一次觉得自己多余碍事。章爸爸转身看见了章兮兮，继续说了几句才恋恋不舍地挂了电话。

两人在空荡荡的车站外头的小饭店门口，疏离又尴尬，章兮兮率先打破沉默，问道："今天晚上，你去姑姑家住吗？"

章爸爸愣了愣，回头看了看边上的小旅馆，道："我住这儿就好了。"

章兮兮顺着他的视线望去，一家再简陋不过的小旅馆，连灯牌都坏了好几处，但是这些境况组合成的信息是爸爸明天就会走，于是她不死心地问："就住这儿？"

章爸爸有些尴尬地点点头："嗯，我还有事情，主要是来看看你。"

章爸爸说着拍了拍章兮兮的肩膀，章兮兮本能地想躲开，又觉得这是难得的父女时刻，不能错过，所以也不敢躲得太远，她不甘心地问道："你能有什么事情呢？来都来了，你不去看看妈妈吗？"

"你阿姨病了。"章爸爸回答道，不知道是不是章兮兮敏感过头，总觉得到现在为止，只有这句话满是温柔和疼惜。

"爸爸，我没有什么好看的，总归活着的。妈妈和你夫妻一场，你们不管发生了什么，她人都走了，你能不能去看看她？那个阿姨病了就病了，你现在回去她病也好不了。"章兮兮要求之所以如此笃定，语气之所以如此强硬带着不爽，皆因她翻了妈妈的手机。她将母亲留下的那只陈旧的手机从包里取了出来，递给了父亲。章爸爸愣了愣，没有接。章兮兮调了一下界面，调到了短信的发件箱的功能，再次递给了章爸爸，章爸爸犹豫了一下，还是接了过去看了看。发件箱里所有的短信都在絮叨一个主题，章妈妈哪天干了什么，家里发生了什么，章兮兮做了什么，等等，都是琐碎又平凡不过的内容，大都不会超过一条短信的篇幅。章兮兮正是看见了这样的内容，才决定叫来爸爸，她想妈妈是一直爱着他的，爸爸如果回来送一送她，或许她也能瞑目。章爸爸皱着眉头看了几条后，就有些厌烦，退了出来，还给了章兮兮。

“我从来没有收到过这些信息。”章爸爸说道，又再次检查了一下，随后一副如释重负的表情，“她把我的手机号码打错了，最后一个数字是9，不是0。”

章兮兮瞠目结舌，对这样的回应不知所措，心中忍不住骂那个笨女人。她抓住父亲收回去的手，道：“你去看看她吧，好不好？你们毕竟相爱过，对不对？她到死都是爱你的，而且她再也不会回到你生活里了，对不对，你再给她烧点纸钱好不好？她地下有知，会高兴的。”

爸爸抽回手，甚至因为幅度有些大，看起来更像是甩开章兮兮，章兮兮被这个动作弄蒙了，她从来以为这样的请求放在任何人身上，都会给个几分薄面，更何况是这对有过这么多年陪伴的伴侣身上。章爸爸点燃了一支烟，狠狠吸了一口，克制着不耐烦道：“你知道当初我为什么会和她在一起吗？”这个男人连你妈妈这个字眼都不愿意用，划清界限四个字扎扎实实地充满了他与他前妻之间。

“为什么？”

“因为你。”章爸爸看着章兮兮，目光笃定，绝对不含着恨，也绝对不含着爱。

“我？”章兮兮第一反应是吃惊，第二个反应竟然是浮现出了夏妈妈跟她说的“别给我们添麻烦了”那句话，她几乎是本能地说出了对不起的对字，然后停住了。她突然有些明白，那个笨女人为什么总是要让她懂事让她争气，其实她一点儿也不笨，因为她知道女儿是这段关系里唯一的砝码，这个砝码只有足够优秀她才能留住她的爱人。她不知道该如何回应父亲这段话背后的含义，半晌，她才开口反问道：“你这么恨她，又这么嫌我麻烦，那你为什么来看我呢?”章兮兮的声音越来越小，临了了，补充道，“这大老远的。”

“你阿姨病了。”章爸爸答非所问。

章兮兮想起那个女人来了火，提高了音量道：“那怎么了，她病了关我和我妈什么事，不就是病了吗，我妈妈都死了!”

“她是我唯一爱过的女人。”这一次章爸爸好像回答了章兮兮的问题。

“什么爱不爱的，我妈陪了你那么多年，难道就这么不值一提吗？你有没有一点点责任感啊?”章兮兮想到自己在朋友们的帮助下办完葬礼，想到她在外头受到的委屈，甚至想到见到父亲前心里的那一点期盼，情绪激动了起来。

“如果我没有责任心，当初你妈妈怀了你，我就该一走了之，根本不会等到你成年。”章兮兮刚要反驳，爸爸却不给她这个机会，继续说道：“如果不是你，我不会跟她相处这么多年，兮兮，你的出生就是她的阴谋。因为你，我才放弃回城，放弃更好的选择。这些年，我的付出也足够了。女人的青春是青春，男人的青春就不是了吗？我没有爱过你妈，就因为她怀了你，我就陪了她那么些年，还不够吗？本来我以为人生就这样了，直到遇到你阿姨，我才知道什么是爱情!”章爸爸越说越激动，根本不想停下来，“只有你们年轻人的爱配叫爱情，中年人的爱就这么不堪一提吗?”章爸爸甚至因为激动，手中的香烟都顾不上吸一口，烟灰不断地掉落在地上，也落在了章兮兮的心上，扎了一个又一个窟窿，字字诛心，针针见血。

芥川龙之介的反乌托邦小说《河童》里，讲述了主人公去河童国里的奇遇，有一段讲了河童国里的生育，父亲会在孩子出生前，对着母亲的肚皮说：我是个怎么样怎么样的人，你愿意来吗？如果孩子愿意，就会出生，如果孩子不愿意，母亲的肚皮就会变空。在人类的世界里，只有出生是一视同仁的，因为当事人都没有选择权。

章兮兮不知道该如何为自己辩驳，毕竟出生这件事并不是她选来的，但是父亲的话明显压倒了她之前的委屈和不甘，她甚至觉得爸爸也很可怜，她又一次开始责怪自己，但是她也没辙，面对她世上最后一个至亲，她说："爸爸，我没妈了，我也没家了……"

她想听爸爸的一点点鼓励，而章爸爸也的确给了鼓励，却天壤之别。"一切都会过去，你要坚强。"这句话犹在耳畔，她突然觉得这几个字，斩断了她对家的所有念想。她胡乱擦了擦眼泪，说道："那你赶紧回去吧，那个女的不是生病吗？"

章爸爸点头，却不曾离开，站在原地吸着烟。

"走啊，站在这里干吗？看着我她病能好吗？看着我我也没法回到过去啊，看着我我也死不了，我也还是你这个多余的女儿，还是会困着你小半辈子，折磨你！"章兮兮生气地冲上前，推搡着她爸，忍不住哭喊道："走啊走啊，你给我走！"她虽然推搡着爸爸赶着他走，却希望爸爸能拒绝，她想如果爸爸说不走，或者带她走，她都会立刻原谅他之前的所有。

章爸爸挪了几步，踩灭了香烟，声音有些低，对章兮兮说道："其实你打电话给我之前，我就知道你妈妈的事情了。是居委会给我打电话，说家属能领赔偿金，那个……你领了多少？你阿姨病了需要钱。"

章兮兮怎么也没有想到会听见这话，她突然笑了起来，笑了几声又哭了起来，像一个神经病，原来这个男人的来意是那样的明确，是她自己想太多，还将话题引到了这么深刻的境界，什么亲子关系什么爱情关系，都是狗屁，都统统见鬼去吧！他只是过来要妈妈的那笔赔偿金而已，而已啊！她笑得直不起身，对这个男人比画了一个手势：“八万。”当初她为了筹钱出国，问这个男人也要到了这个数，原来一切都是冥冥中算好的，她故意不往下说，就想看看这个男人会怎么回应。

“你方便分我多少？你阿姨需要手术。”章爸爸问道。

章兮兮看着他，冷漠地问道：“分你多少，你才不会来找我？”

章爸爸认真地想了想：“八万。”末了，补充道，“当初你不是正好借了这个数去出国吗……”

原来、原来他一直都记着！这些年他没有记得过她和妈妈的生日，逢年过节没有一句关照问候，却清清楚楚地记得那八万块钱。章兮兮火速从背包里取出现金，一沓一沓地往他身上砸去，起初章爸爸有些惊讶和不悦，但是很快，他便平静地接受着章兮兮的发泄，等到章兮兮砸完，他便面无表情地弯腰从地上捡起。他毫不犹豫地提出了买断父女关系的价格，章兮兮看着他捡钱的样子，心想为了他的爱情，他可以这样心甘情愿地卑微，真让人“叹为观止”！

章兮兮砸完钱，扭头就跑，两边是郊外昏黄的路灯，路边施工的工地，偶尔经过的汽车……章兮兮心里彻底空了，她明明很悲伤很难过，却发现心里头却不痛了，她扶着路灯喘气，脸上的泪痕已经干了，背包空了，她心里也空了，她突然觉得对这个城市已经没有任何留恋。她想着原来自己从出生到如今不过是个失败的砝码，她想着原来达不到别人的期待就没有价值，她想着原来世上真的有人是多余的……

一只手拍了拍她的背，她扭头一看，竟然是何昭，她平静地问他：“怎么又是你？”

何昭眼里有不舍，被她这么一问，生生憋了回去：“你以为我愿意撞见？”显然何昭目睹了刚刚的一切。

两人顺着马路就坐了下来，章兮兮自嘲道：“怎么样，震惊吧？世上还真的有我这样的废人，连出生都是要被计算的。”

何昭罕有地没有嬉皮笑脸地回应她，他一把揽过章兮兮，将她死死地揽在了怀里，这些天的疲惫席卷而来，她像是被抽光了所有力气，几乎是瘫靠在了他的怀里，然后缓缓地抬起了手臂圈上了他的背，她紧紧地回抱了他，回光返照般地来了力气，死死地抱着不撒手。她想要感受这样有温度的拥抱，如同寒冷夜晚划亮火柴的那个女孩，哪怕只有转瞬即逝的光和根本无法抵御寒冷的火。

何昭看着头顶的夜空，喉咙滚了滚，缓缓开口道：“你知道吗？今天的场景我也经历过，不过我比你幸运，你还砸钱给人呢，而我呢，是被别人砸钱，那个人是我爸，不过呢我也弯腰捡钱了，所以才有了创业启动资金啊，谁跟钱过不去啊，是不是？”

章兮兮破涕为笑：“那我就不该全扔了，给自己留点才是？”

“可不，扔的时候挺爽的吧？”

“嗯。”

何昭忍不住伸手按了按她的头，将她的头摁在自己的下巴下，道：“没事儿，人生嘛，也不能什么时候都是春天，得有点冬天，你已经把所有的冬天都熬完了，春天就要来了。”

“真的吗？”

“嗯，真的。”

“那什么是春天啊？”

“就是你不会为了别人的期待而影响自己的心情。”

“嗯，像你一样吗？”

“我会因为你影响心情啊。”

夜空并不深邃，却依旧让人看不清，夜色下有两个年轻人拥抱在一起，像是两株槲寄生。

“我要一个人生活了。”章兮兮抬起头看着何昭，她看见何昭的眼睛里有水雾，她觉得自己跟他同病相怜，补了一句，问道：“你说，我可以吗?”她自己叹了一口气，她知道在接下来很长的一段时间里，苟延残喘四个字将时时刻刻伴随着自己。

何昭又一次将下巴搁在了她的头顶上，回了一句：“你还有我。”

章兮兮摇了摇头，挣脱了他的拥抱，忍不住揉了揉头顶：“你下巴硌死我了!”

有些事情不是不去想就能忘的，有些事情不是不提就会消散的，这些都是时光，都会浸入在她人生里。哲学中有个入门级的问题——忒修斯之船，大意是说这个船上的木头每一块都逐渐被替代，当最后一块也被替代之后，这艘船还是原来的船吗？人生也像这条船，不同的阶段会产生新的观点，会替代甚至推翻从前的观点，改变一个人的想法或者选择，就像那被换掉的船板。章兮兮好像在很多年之后自知或者不自知地换掉了船板，她依然还是她，依然要继续走下去。

“你为了出国，提前让我预付了两本书的稿费，我想了想，现在给你还不大合适，但是我是个商人，我得计算投入产出比吧，这样，你再签给我三本书，我也提前支付你稿费，怎么样？不过你也没有的选。”

她知道这是何昭在帮自己，她的积蓄不足以支撑着她离开这里，她如果想要继续写下去，就得有个保障，她终于恢复了正常的笑容，虽然有点累，但是她真心地笑了笑，对何昭说“谢谢”。

打那之后，章兮兮在薛一笙的帮助下，料理完了后事。本想变卖房子，但是因为住房又旧又出过事故，自然无法出手，她也不愿意再回去，就空在那里了。告别家乡前，她烧了夏漱石给的那张机票，彻底断了自己的念想。也跟大家一一作别，反复强调了自己的不易和与夏漱石分开的决心，用道德绑架了大家，大家只好保证不会将她的事情和后续的联系方式告诉夏漱石。她明白自己与夏漱石的分开，只能靠物理切割，她已不想把任何一个人当作救命的稻草，夏漱石也不行，她应该学着去自己走下去了。

她来到了上海，在离何昭公司不远的地方租了个格子间，全心全意投入写作。她从此不再过任何节日，怕和任何一个地方产生感情，她不想把任何一个地方叫作家。

古龙在《白玉老虎》里曾经说：“夕阳最美时，也总是将近黄昏的。世上有很多事情就总是这个样子，尤其是特别辉煌美好的事。所以你不必伤感，也不用惋惜，纵然你赶到了江南遇到了春，也不用留住它。因为这就是人生，有些事你也留不住。你一定要先学会忍受它的无情，才会懂得享受它的温柔。”

17

章兮兮平静中带着自我调侃讲完这些，他们俩坐在路边的长椅上，沉默了许久许久。夏漱石抬头看着黑色的夜空，眼里有些光，他忍不住不停地揉鼻子想要克制鼻酸的感受，发现没有什么用，随后又抬起头捏着自己的眉心，希望阻止眼泪，偏偏这眼泪非常执着，越来越多，他索性将脸埋在了双手中，那眼泪如同吹灭蜡烛后扑进来的月光。这月光仿佛是天罗地网，网眼上挂着的尽是自责、愧疚、悔恨和心疼，将他完完全全笼罩着，然后缓缓收紧，他不仅觉得喘不过气，还觉得疼，随后他几乎是半跪在章兮兮的膝前，他不敢抬头看她，他努力平静地说道："对不起、对不起啊，兮兮，对不起，这些年，你一个人受苦了……"

章兮兮看着他颤抖的肩膀，想起这些年来的委屈和悲伤好像已经是旁人的事了，可是看见他的心疼自己也难过起来，她忍不住摸了摸他的头，安慰地笑了笑道："也还好，也还好，对不对?"

夏漱石直了身子一下子抓住了她的手，直视她的眼睛说道："兮兮，对不起，我没有陪着你，在你最最需要陪伴的时候，是我的错，是我……"

"漱石，你记不记得你曾经告诉过我，只有充满勇气的自己，才会等来一场文艺复兴?"章兮兮捧起夏漱石的脸，冲他温柔而坚定地说道，"或许我要的不是文艺复兴，我要的是那个充满勇气面对一切未知的自己。从前，我靠你靠薛一笙帮我去解决问题，我一直想靠我自己，谁知道运气还不错，还有那么几个人愿意帮我一把，我也算勉强可以靠自己了。但是不管如何，你们的出现，都是情分，你们帮我，不是本分，没有义务的。”章兮兮站起身来，故作轻松，岔开话题问道：“你是怎么知道陆展信的消息的？还能这么及时地赶来？”

路灯下的夏漱石半蹲在那里，看不见他的表情，就像他缺失的这些年，他缓缓开口，开始给缺失的那一块拼图涂上一点颜色。

夏漱石办完婚礼就与妻子杨星辰去度蜜月了，杨星辰算是他的学妹，高中和大学都是一个学校的，也有留学经历，父母都有稳定且体面的工作，与夏漱石堪称般配，甚至高出不少。在媒人们的反复撮合下，女方率先点头，于是很快就到了结婚的那一步，大家都认为是缘分到了，找对了人的结果。

他们的蜜月地点是意大利，落地在罗马，随后一路往北，途经佛罗伦萨、米兰，最终目的地是都灵。飞机刚起飞的时候，杨星辰非常开心地问夏漱石：“你喜欢的尤文图斯今年参加世界杯吗？”

夏漱石笑了笑，并不觉得需要解释尤文图斯作为俱乐部是没有资格参加世界杯的，于是他挑了一个重点告诉她：“今年意大利没有出线。”他闭上了眼睛，突然想起了中国队出线的那一年，那个学校的走廊下他与章兮兮被罚站的情形，没来由地笑了笑。杨星辰看着他侧脸微笑的样子晃了晃神。

他们一路北上，所到之处夏漱石都认认真真地带着她游玩，与她游览名胜，带她吃甜点喝咖啡。他们到托斯卡纳的时候，杨星辰靠在他肩膀上看夕阳落下，他们聊起电影聊起歌曲书籍，聊得很惬意，唯独不聊过往。他们牵手经过草地，仿佛是相爱多年的伴侣，杨星辰看着他的侧脸露出幸福的笑容，收回的目光落在了不远处书盖在脸上睡觉的女孩子身上，旋即又移到了夏漱石的侧脸上，紧了紧握着他的手。

到了佛罗伦萨的时候，杨星辰收到了酒店送的入住礼物——百合花，她说百合花香气太浓郁，于是放在了衣柜里熏衣服，与夏漱石聊起关于花的种种。夏漱石想起来曾经有一本书叫作《致命的百合花》，他在那个逼仄的书店里，机缘巧合地目睹了章兮兮窘迫退书遭到了冷嘲热讽的场景，他看见那个笨笨的却依旧努力的她，他觉得她就像是一只萌萌的兔子，却有着倔强的生命力，但是在那个书店里，她的耳朵耷拉了下来，仿佛对整个世界都茫然了。他不愿意见着那样的兔子，他可以惹她哭可以拽她耳朵，但是唯独不要见她耷拉着耳朵的模样，他去找店家买回了那本书，他放在了她的车篓里。在那个空旷的停车棚里，他躲在不远处，看见章兮兮翻开书的侧影，那一瞬间他仿佛看见了耷拉下来的兔子耳朵竖了起来，他觉得春天大概就是这样了。

他们参观切利尼的雕像，走在西班牙的台阶上，看着破船喷泉边上来往的人群，夏漱石想这雕塑可以永垂不朽，可惜青春转眼即逝。

“你曾经跟阿姨一起游览过整个意大利吗？”杨星辰看夏漱石对经过的地方了如指掌，忍不住问道。

夏漱石摇摇头：“我妈一直在都灵，后来实在不习惯，就提前回国了。我自己一个人走过整个意大利，后来工作过一段时间，常常要去米兰、罗马，再加上我特别认路，所以就很熟悉。”他冲杨星辰笑了笑，揉了揉她的小脑袋。夏漱石想起自己一个人走遍了意大利，每到一处就买一个小手信，记录下当天的日期和天气，最后打包一起寄给章兮兮的事情。他本以为可以等到她，只要她过来陪自己两年，读完博士后，他就带着她回国，他就是太想她了，每一刻都想她，怎么等得了两年？他后来很后悔，或许他不急着要她来，他毕业了去找她也不会让两人关系走到尽头。他责怪了她放鸽子之后，就再也联系不上章兮兮了，问了一圈朋友，都说她换了所有的联系方式，她家的座机也打不通，后来再打过去，说是空号。

夏漱石读完博士的那一年，老同学们来意大利玩，大家便聚了聚，在都灵的圣卡罗广场上，大家把酒言欢，仿佛回到了本科毕业的时候，夜空流淌的是青春的盛宴。大家聊着琐碎又好笑的话，一些当初很细微的事情，这一刻都变得无比有趣。不知道谁说起了章兮兮，史慧拿出了章兮兮和林晓森的海边合影，带着祝福透露了她结婚的消息。那合影上章兮兮耳边戴着鸡蛋花，笑容灿烂，碧海蓝天也比不过她。夏漱石说："挺好，挺好。"

夏漱石不知道是怎么和这帮老同学待的那几天，但是他在那几天里算是体会到了一个成语——行尸走肉。爱情退却的方寸之间，死神一定降临，毫不犹豫地带走你的灵魂。他的过去和未来里，只有章兮兮的存在，甚至在不联系的这段日子里，他也不过是把那个位置空着，从未想过给旁人啊。可是，她怎么嫁人了呢？她怎么能嫁给别人呢？她不是自己的小姑娘吗？但是到了如今他除了祝福还能做什么呢？收卷的铃声早已响起，空荡荡的考场里，只有他一个人，并不是不离开考场，就还能有答题的资格的。人们通常形容这种情况叫守株待兔、刻舟求剑，但是它们还有个共同的名字——自欺欺人。

夏漱石没有再着急回国，他在意大利走了很久，带着行囊，行囊里是他与章兮兮曾经的信物，他走过曾经计划和章兮兮结了婚后体验的城市和街道，他一寸寸地走着，不赶时间不看热闹，仿佛游荡在世间的一只魂魄。在佛罗伦萨的米开朗琪罗广场上，他坐在城墙上抽了一根雪茄。想起章兮兮曾经跟他说，她最喜欢的城市就是这里，但是他的身边没有她。他取出了钱夹里一直珍藏着的那张便条，那是他年少时候，为了成为章兮兮补习的那个人使的小手段，成功地将林晓森挤出局。他赢得了为她补习的机会，也赢得了爱她的资格，然后呢？然后她最终成了林晓森的新娘，他不仅没有爱她的资格了，他连想她的资格都没有了，他还有什么呢？他还配有什么呢？于是，他将那本书留在了酒店里，也将写着章兮兮名字的纸条一并留在了那里。他想那就独自前行吧，去努力接受没有她的人生。

所以在相亲之后，杨星辰主动联系他的时候，他觉得她的确不错，妈妈也很满意，如今已经没有什么比妈妈的笑容更重要的了。当杨星辰告诉他，她其实在上学的时候就听说过他们的故事，但是并不介意，甚至觉得这是非常美好的经历，夏漱石心中的担忧放下了，他甚至有点感激她。

夏漱石带着杨星辰走过他上学的地方，他突然问杨星辰：“你初恋呢？好像从来没有听你说过。”

杨星辰的目光有些躲闪，佯装镇定地说道：“怎么，你吃醋啊？”

夏漱石摇摇头，随后又赶紧点了点头。

杨星辰捏着夏漱石的下巴，让他侧过脸去，然后轻轻松开手，温柔又坚定：“你知道吗，我第一眼看见你的侧脸的时候，吓了一跳，因为你真的很像他。”

夏漱石僵了僵，有些讶异：“怎么，就冲着这一点？”

“不然呢？”杨星辰的目光里没有开玩笑的神色，“你心里没有我，我如果心里都是你，日子能过下去吗？”

夏漱石突然笑了，这或许是他结婚以来最放肆的笑，他说：“你胆子够大的。”

“还能忘记他吗？”夏漱石温柔地问道，这一刻他也没有吃醋和嫉妒，反倒多了一股子惺惺相惜的感情。杨星辰对着天空摇了摇头，道：“我不知道，你呢？”

夏漱石答非所问：“她结婚了。”他们俩坐在波河边上，看着粼粼波光，身边有一群刚下课的学生，嬉戏打闹。在青春岁月里，他懵懵懂懂，横冲直撞，不知道天高地厚，以为披上披风，怀揣勇气，就可以一往无前，做她永远的英雄，让一切永垂不朽。他仰起头看着天空，他希望世界上真的有平行世界，因为在其他的平行世界中，他一定和章兮兮在一起，杨星辰也一定和她喜欢的人在一起。

“所以你才死了心，和我结婚？”

夏漱石摇摇头：“原本，我是想一个人就这样一辈子，也挺好的。毕竟，每次相亲的时候，我都会跟对面的姑娘说，我有过一个初恋，长达数年，你能接受吗？你是第一个说可以的。我想或许我还有的救，毕竟人生路漫漫，要学会告别。”

杨星辰苦笑道：“我之所以说可以，是因为我觉得我们同病相怜，或许可以互相救赎。”杨星辰说完举了举手中的咖啡杯。

“救赎看来有点难，如今倒是夫妻变兄弟了。”夏漱石无奈地笑了笑，举了举咖啡杯，“说说你跟他的故事吧！”

那是一个叫曹木森的男孩的故事，他的身影遍布了杨星辰的青春，有笑有泪，有打有闹，说到结束，她突然忍不住哽咽道：“我一定要在他前头结婚，我要看他后悔不迭。”

夏漱石忍不住笑了笑，摸了摸杨星辰的脑袋，道：“要是人家不后悔呢？你不是白嫁给我了？”

杨星辰愣了愣，假装不在意地说道：“那也没什么，毕竟你我到了这个年纪不结婚也会被催，我们搭伙过日子，可以省去很多烦恼，不是吗？”

“胡说八道！”夏漱石假装严肃地训斥，把杨星辰吓了一跳，他喊来服务员买单，改签了机票，一把拎起杨星辰往酒店走，一边道：“你这倒霉孩子，婚姻岂是儿戏，哥哥我是没办法了才走进坟墓，你那位还单身着呢，你就跳进坟墓图一个人家的捶胸顿足吗？幼稚！”

杨星辰被他问蒙了，她觉得夏漱石句句话都说到了点子上的，而且这些话的背后，是她发现自己无法躲避的现实——是的，她还喜欢着曹木森。

“所以，在他结婚前，去告诉他你真实的想法，这是最后的机会，等到一旦他跨入了婚姻，这些话、这些想法再讲出来，就不礼貌了。”夏漱石的话十分在理，让杨星辰无法反驳，显然夏漱石也被自己循循善诱的教导给感染了，接二连三十分流利地说道，“婚姻早已经不再是为了生存而结合的关系了，是为了成就更好的对方，哪怕放弃婚姻这个关系，也是值得的。”

“我的目标就是跟你结婚，在最短的时间内，比他更早一步结婚，我要告诉他我不在乎他，我觉得用这种方式伤害我自己，他才可能最后一次记得我、心疼我……对不起啊，漱石，对不起啊，我也曾想过好好对你，所以我拿出我最理智最体贴的一面来……但是我怎么没喝酒却把什么都说了呢?”杨星辰满是慌乱和惶恐。

夏漱石拍了拍她的背，摇摇头，示意她不必内疚，在波河边上的黄昏，他抱着怀里这个颤抖的女孩，他竟然异常冷静。原本他打算在命运这条河里随波逐流，能遇到像杨星辰这样的女孩子已经实属幸运了，但如今发现她竟然是自己的同类，竟然生出几分拔刀相助的意思。他非常坚定地跟杨星辰说：“走，回去，我带你去找他。”

杨星辰鼻涕眼泪糊了一脸，忍不住道：“真……真的吗?”

夏漱石揉了揉她的脑袋，笑道：“当然。”这是他第一次如此放松地与杨星辰相处，在这场婚姻里，其实他何尝不是拿出了他最大的理智和体贴，以为真的可以能这样走下去，用主流的话说“搭伙过日子”而已，有什么难吗？可是真的很难啊，没有爱的婚姻，他们都如履薄冰，疲惫不堪。幸好杨星辰发现了真实的内心，还来得及，这一点比自己好很多，他已经没有资格去从婚姻的关系里夺回章兮兮了，所以他希望自己能成全杨星辰，就当成全从前的自己。

夏漱石改了机票，带着新婚宴尔的妻子往国内赶。为了不节外生枝，他让杨星辰除了和能打听到曹木森行踪的朋友联系外，切断其他所有的联系，以免走漏风声、增加不必要的阻碍。他自己暂时删掉了微信，只想专心致志忙完这件事，再和大家联系。对前途未卜的杨星辰有点蒙又有点兴奋，一切都听夏漱石的指挥，两人像战友一样杀气腾腾地回国了。夏漱石对杨星辰说："面对旧爱，不是每个人都有运气去再重新选择的，你一定要把握好。"

他们打听到曹木森要在一家咖啡店里相亲，杨星辰去了咖啡店截和，夏漱石在咖啡店外头放风，好像一下子回到了青春校园时代，但凡不符合剧情走向的才能引起当事人的兴趣一般。

夏漱石隔着玻璃看见杨星辰等到了曹木森，看着车水马龙的街道，他想起数年前阿哲唱得那首歌，歌词里唱：明明不该去想不能去想，可是偏又想到她啊。他那么多遗憾那么多期盼，她再也不会知道了。此时此刻，他想着如何要跟两家人交代，但是下一刻他突然听见了让他五雷轰顶的对话——

捧着枸杞茶的大叔在和卖水果的摊主感慨道："这孩子太可惜了，小提琴拉得这么好，怎么就活不长。"

麻利地称好水果的摊主，一边打包一边附和道："可不是呢，我听说还是家中独子呢。哦，一共二十一块三，算你二十吧。"

夏漱石站在原地好一会，突然拔腿就往陆展信家的方向跑去。

夏漱石冲到陆展信家的时候，陆妈妈正坐在客厅擦琴，她仔细地将松香抹在琴弦上，让人想起牺牲了的战士，老母亲因为怀念擦拭他留下的兵器，像极了饱和度浓烈过了头的红色，透着死亡的气息。陆妈妈看见气喘吁吁赶来的夏漱石，平静地笑了笑，就像多年前看见儿子的好朋友来找他写作业的样子一样，她缓缓开口，轻轻道："他们去湖边撒骨灰了，你快去吧，还来得及。"

夏漱石飞奔而出，带着不可置信、猝不及防以及一丝侥幸，猜测或许这只是个恶作剧……

18

爱情是什么呢？爱情它永远不在将来。

夏漱石与章兮兮在这条老街上走走停停了一整夜，黎明即将到来的南门老街上，周边已零星有几个店铺开门烧着开水，氤氲的白气从窗户口透露出来，这烟火气让生活无比真实。

章兮兮没有问他你和杨星辰后来怎么样了？夏漱石也没有问她你现在还是一个人吗？他们见到开了快二十年的成华馄饨铺开门了，便走了进去点了两碗。

“每次回来，你都住在哪里啊?”夏漱石问道。

“住薛一笙家里。你们家呢，房子还在吗?”

“不在了。换了一处我妈妈喜欢的地段，买了个小点儿的，她说房子大了她害怕。”

古色古香的铺子里，支棱起半扇雕花镂空的窗户，他与她临窗而坐，看着还有点清冷的街道。

“什么时候回上海?”夏漱石问道。

章兮兮抬头看他，平静地回道：“等下就走。”

夏漱石努力克制了一下惊讶的情绪，然后点点头：“我送你啊?”

章兮兮摇摇头：“不用了。”

夏漱石的喉咙滚了滚，没有强求。店家端来两杯塑料封口的豆浆给他们暖暖胃，两人同时向店家道了谢。

章兮兮将面前的馄饨搅动散散热，随后推到了夏漱石的面前，一抬头，看见夏漱石将插好吸管的豆浆放到了自己的面前，那是再普通不过的蓝色吸管。他们俩对着对方笑了笑，笑得都很丑。

太阳缓缓升起，她与他在这间馄饨铺门口道了别，各自走向相反的方向，意犹未尽却谁也不知道还能再说些什么。这一夜，他们说了很多的话，好像该说的都说完了，又好像什么都没有说，她觉得好像没有什么遗憾了，又觉得遗憾更多了。街道陆续醒了过来，叫醒孩子的声音，洗刷衣服的声音，叫卖吆喝的声音，车和人一瞬间都出来了。章兮兮和夏漱石不约而同地回头看向对方，几秒之后，他们穿过人群冲向对方，他们狠狠地拥抱在了一起，带着数年来的爱与不舍。这个拥抱仿佛穿越十年，像极了樱花绽放的瞬间，最美的时刻在凋零，在这热闹的街市。时光悠长，仿佛毫无尽头，人生漫漫，他们一次次地填错过答案，而此时的这个拥抱，足以跨越白头。

夏漱石克制着颤抖的声音说："我走了啊，兮兮。"

章兮兮的下巴搁在他的肩膀上，泪水早已打湿了他的衣服，她回应说："好啊，那么，再见啦。"

他们松开彼此，没人催促他们，他们却比谁都清楚，离别的时刻已经到来。夏漱石拉过章兮兮的手，放在自己的脸颊边上，不停地说道："对不起，这些年，对不起，对不起，我应该陪在你身边的……"他突然间再也说不下去了，再次泪如雨下，无法控制。

章兮兮反握住夏漱石的手，安慰道："没事啦没事啦，都过去了，我这不是挺好的吗？"她带着宠溺的微笑，帮他擦着眼泪，像哄孩子一样，她的眸子里是温柔，也是回忆，她想了想，鼓起勇气，说出了一直以来最想说的话，"漱石啊，这些年，我真的很想你，我想我这辈子，都不会忘记你了。"她没有撒谎，在那些悲欢离合的每个节点里，她都想念他，有时候是因为爱，有时候是因为思念，有时候是因为遗憾……她没有停止过想念他，以前不会，以后也不会，夏漱石对于她来说，早就已经成了生命中的一部分，无法剥离。

“兮兮，我们还能不能重新来过?”

她好像一直在等这一句话，又好像一直在担心面对这句话，到如今这句话真的出现了，她何曾没有想过这个问题呢，章兮兮突然哭了，夏漱石看见她哭，忍不住抱住了她，最终章兮兮推开了他，从他的怀里挣扎出来，说道：“漱石啊，再见了。”

博尔赫斯说：“我用什么才能留住你？我给你贫穷的街道、绝望的落日、荒郊的月亮。我给你一个久久地望着孤月的人的悲哀。”多少恋人分开后，念念不忘，皆因遗憾，可是事事都有遗憾，凭什么爱里不能有？这个道理虽然没有什么稀奇，但依旧无法释怀的还是芸芸众生。爱到尽头除了埋怨和憎恨，还有最后的理解与无能为力的心，毕竟爱情从未死去，死去的只是相爱的人。这条古镇的街道，有人起床，有人吃饭，有人上班，也有人分开……

章兮兮回到上海后给何昭打了个电话，何昭没有接。那本一直写着卡壳的结尾终于写完了，她想跟他聊聊这本书上市后的宣传计划，她去意大利前，何昭之前签约的几个作家因为出版行业日薄西山，纷纷转行抛弃了他，有的去当了编剧，有的去当了微商，还有的去说了脱口秀，就只有胸无大志且社恐的章兮兮还死守着老本行。何昭曾经跟她分析过文学出版行业的现状，大家获取文学的途径日益增多，图书远不是唯一的一种，随着娱乐方式的多样化，小说也远不是最好玩的一种消遣了。小说出版的竞争，远不是跟同行们战斗，而是跟日益增多的各种娱乐文化方式战斗，它们都在瓜分着大家有限的时间。章兮兮觉得何昭分析得十分透彻和精准，因此，她得出了结论：何昭心心念念的春天还没有来，就已经结束。何昭大骂章兮兮不争气，觉得无论如何也要力挽狂澜一次，让章兮兮全身心地投入新书的创作中去，直到发现章兮兮不见了，还去了意大利，不仅如此，还拉黑了自己。章兮兮完全可以脑补出何昭跳脚大骂自己的模样，她其实早就写得差不多了，一直在收尾的地方找不到状态，恰逢听见夏漱石要结婚的消息，写书的状态不是找不到的问题，是压根没有了的问题。她索性放下了一切，前往了她一直想去却不敢去的地方。意大利的旅程结束得仓促，却有了最好的了断。

与其忘却，不如记得，记得也是一种放下。

章兮兮前往何昭的住处找他，打算给他看看自己三天内完成的结尾，毕竟她自己甚是满意，想去他面前显摆一下，甚至连台词都已经想好："何昭，你的春天来啦!"但是打开门迎接她的是穿着规范的中介，带着职业微笑道："小姐，您好，请问您预约的几点?"

章兮兮愣住了，屋子里的日用品已经清理一空，空荡荡的仿佛从来没人住过。打听过后才得知，何昭已经在一个月前将房子挂牌出售了，原因嘛，中介解释说："无非是想换个更大的，先置换点钱。"

以章兮兮对何昭的了解，立刻排除了前两种可能性，她一边给何昭打电话一边前往何昭的公司。到了何昭的公司后，电话依旧没有人接，呈现在章兮兮眼前的是工程队在测量，再一打听才得知公司早就不在了，新入驻的公司正在计划翻新，合约都已经签完了。

章兮兮这下又蒙又急，完全体会到自己跑到意大利的时候何昭的心情了。一天内她找遍了何昭可能会待的地方，依旧没有任何收获，筋疲力尽地往住处走的时候，她想起自己来到上海的这些年，如果不是何昭，她一定不会坚持到现在。上海是座森林，高楼大厦、洋房别墅构成了森林中的主要部分，在这座森林里，人类像是没有翅膀的鸟，章兮兮就是其中一只。她从小城搬家来到这里，像极了需要迁徙的动物。两侧的住宅区陆续亮起了灯光，这万家灯火的城市里，她从来没有奢望过会有一盏属于自己的灯，可是此时此刻，她想起何昭，想起他的口哨声，她担心起他的安危，更开始不可控制地自责，他到底是出了什么事情会这样不辞而别？如果这一别就是永远呢？想到这里，她的心没来由地痛了起来，猝不及防地离别她经历了太多次，如果何昭也发生不测，她要如何再走下去呢？她责怪自己因为没有才华所以写书才一直扑街，导致何昭永远看不见春天了，毕竟他创业的第一桶金，是他趴在地上捡来的。

章兮兮走到小区门口，被居委会的阿姨拦住，念叨道："你是18栋的住户是吧？你不在的这些日子，垃圾需要分类了，这个宣传手册你学习一下，干湿分离的垃圾桶我已经放到你家门口了。"阿姨不由分说地将手册塞给了章兮兮，章兮兮还没有反应过来阿姨就已经走远了。

章兮兮走到家门口，看见了一个熟悉的身影，坐在台阶上，把玩着阿姨口中干湿分离的垃圾桶，一不小心把盖拆了，表情有些慌乱，一抬头看见了章兮兮，吓了一跳，道："我……我赔你一个。"

章兮兮目睹了他这一系列举动，想到自己找了他一天，上去就是一顿捶打，反复埋怨道："你怎么在这?！说一声会死吗?"

何昭被她打蒙了，拿着垃圾桶躲闪道："我怎么不能在这了？我找你的啊，你电话一直忙音，不知道为什么打不进去。"

章兮兮一想好像是有不少电信发来的信息，再一看都显示了何昭来过电的信息，当时她无暇顾及以为是广告信息，压根没点进去看，听何昭这么说，好像没法怪他，便偃旗息鼓，却又没法立刻对他好脸色，于是板着脸按了开门密码进家，何昭拎着垃圾桶跟着她进了屋。

原来何昭打算离开上海回英国去，理由嘛有悲有喜：悲的是他事业的春天的确一直没有来，在国内出版界的这些年不上不下，小有建树等于毫无建树，旁观他的校友，靠家人的同学当上了议员，靠自己的同学在给中情局破译密码，对比之下，建树两个字形容何昭都略显高攀。喜的是，他重获继承家业的资格，原来是父亲与如今的配偶离了婚，闹得鸡飞狗跳，想起曾经还有子嗣，重金之下，他毅然接受了和解。

何昭说起这些带着事不关己的节奏，说到高潮处还会拍一拍腿，等他说完，叫的火锅外卖也到了，他赶紧打住，指挥章兮兮赶紧一起张罗起来，一边埋怨她没眼力见儿。章兮兮这几天过得够跌宕起伏的了，临了了又听见何昭这样的变故，脑子已经不够用了，连被何昭吐槽她都没有力气反驳了。等到火锅沸腾了之后，她才随着牛油的滚动恢复了一些精神。

何昭涮了一块毛肚，假装不经意地问道："你跟你那个白月光怎么样了，复燃了没有?"

章兮兮叹了一口气回道："复燃倒是没有，见面叙了旧。"略一顿，问道："怎么突然问起这个，你知道我见他?"

何昭又涮了一根鸭肠说道："知道啊。"

"怎么知道的?"

"掐指一算啊。"何昭乐呵呵地回道。

"去你的，把鸭肠给我!"

何昭没有告诉章兮兮的是，他当然不是掐指一算知道的，是亲眼所见。这还要从他接到了生父的和解需求说起。他当时有点乱，乱到没法四两拨千斤地打趣这件事，乱的核心点并不是天降横财，毕竟这事儿乐就完了，他乱的点在于他发现他无法拔腿就走迎接巨款的主要原因，竟然是放不下章兮兮。这些年他不是没有遇到过动心的姑娘，但是在心动和追求上，他总是有点拖延症，具体的案例就是章兮兮了。他乐观惯了，所以不爱自我批评，他甚至在这件事上会把锅扣给命运，毕竟他也不知道是什么时候对她动心的，是月夜下两人的如槲寄生般的相拥？是他看着她抱着火锅的锅从上一顿婚姻离开的时候？还是她充满勇气充满干劲地要奔赴意大利的时候？甚至是他与她初见时候并肩躺在草地上看着天空的时候？他错过她的小时候，但是他又陪伴着她成长，如今他的不舍里，到底多少是友情，多少是爱情，他根本分不清楚。于是他立刻决定，去她没有自己的时光里走走。

他去了她的老家，去走了一遍章兮兮提及过的校园、河堤和她的旧宅，还包括了章妈妈的墓地，他从白天晃悠到黑夜，饿的时候他四处找火锅，在冷清的古街上，找到了一家24小时营业的麻辣烫，他原本坐在窗前一边吃麻辣烫一边安慰自己这是MINI火锅，没想到一抬头，看见了章兮兮和夏漱石并肩走在老街上，他看着这两人散步、靠肩，时而打闹，甚至还抱头痛哭，他真的是想上去问他俩："有完没完了还？"但是他心底深处突然明白了，《牡丹亭》里唱：情不知所起，一往而深；《笑傲江湖》里说：恨不知所踪，一笑而泯。很多人理解后半句里的"恨"是仇恨，何昭更倾向于理解为"遗憾"，遗憾到了尽头，一笑置之是最好的结尾，所以他决定见一见章兮兮，跟她告别，但是不会问她那个问题了。

何昭看着眼前大快朵颐、毫不知情的章兮兮，笑了笑道："给爷涮块牛肉。"

章兮兮丢了几片牛肉进火锅，然后埋怨道："自己没手啊？"

"这是对你老板应有的态度吗？章兮兮，你要学会感恩，我对你的恩情是滔滔江水，今天我就不要你磕头了，你给我涮块牛肉怎么还说三道四的呢？简直是个白眼狼。"何昭故意夸大说辞，看章兮兮被说愣了，就哈哈笑了笑，夹起刚熟的牛肉夸张地塞进嘴里吃了。

何昭是感激章兮兮的，他对遥远的母亲的记忆源自母亲留下的书籍，那个时候他找遍了关于汪曾祺的各种作品和评论，看见了文笔生涩的章兮兮的那些文学评论，觉得挺有意思，便认识上了。他与章兮兮相处的点点滴滴，他有些记得模糊，有些时光却十分闪耀，有些是笑的，有些是哭的，有些是晴朗明媚的，有些是阴霾低沉的，像是起伏的乐章。有没有一个人，点亮过你的生活？哪怕是某一个瞬间也是好的，好让你在无边无际的大海上，突然发现了信号塔，欣喜和希望迭代了曾经的生活。如今这首乐章到了结束的时候，他有些不舍。

“以后还写书吗?”

章兮兮愣了愣，道：“写啊，毕竟我除了这个什么也不会。”

何昭愣了愣，笑了，给章兮兮倒了一杯酒：“你这本书写完了，我们就钱货两讫了。书稿我已经让助理去按照之前的流程跑了，签售会是来不及办了，以后你自己办吧。”何昭举起杯来，“来，我们喝一杯，我要谢谢你。”

章兮兮在最低谷的时候，是何昭不离不弃地并肩同行，她明白在父亲要跟自己断绝关系的那个夜晚，如果没有何昭的拥抱，她可能活不下去。她更明白，在她想要坚强地活下去的时候，没有他的帮助，自己根本没有立足之地，所以，她忍不住问道：“为什么谢谢我?”

何昭明显已经喝多了，开始控制不住地说起来：“因为如果不是我这个书商水平和人脉有限，你在出版势头最好的时候，有个更有能力的人捧你，你说不定能火。以后啊，你有了新老板，要配合人家，不要因为自己是个扑街作者就不搞签售会，你都扑街了，人家要给你做活动，你得给人家磕头，不不，磕头严重了，鞠躬，鞠躬不为过吧?”

章兮兮万万没想到何昭会说出这样话，她自己倒了一杯，一饮而尽：“瞧你说的，但凡是说不定能火的，都不能火，我以后就不祸害别人了。我得正儿八经地说一句，要不是你，我说不定在哪做公务员呢。”

“快得了吧，就你，总睡懒觉，还当公务员?”

“那文员，文员总好了吧，要不是遇见你，我该多么不甘心地贫乏地过一生啊。”

“你现在也贫乏啊。”何昭拿起酒瓶直接喝。

“那你还回来吗?”章兮兮也开了一瓶酒对着瓶喝。

“干吗？舍不得我？舍不得我你就给我哭一个。”

章兮兮喝光了自己的，又夺下何昭的酒瓶，抱膝坐在沙发上不停地喝：“你肯定得回来吧，不然我火了你也看不见，我这不是锦衣夜行了吗？”

“谁要见你一副耀武扬威的样子啊？”何昭自己又开了一瓶，与她并肩坐着，他突然有些伤感，从前与她并肩坐着的机会特别多，不知道以后还没有了，他很怀念很不舍。

两人有一搭没一搭地瞎贫，章兮兮不知不觉昏睡过去，何昭拿起沙发上的毯子，轻轻地为她盖上，然后他就跪在沙发旁，看着那张再熟悉不过的脸，他忍不住用手指头蹭了蹭她的脸颊，他想爱这种东西读得懂最远的星辰，但是她怎么就不能读懂自己呢？归根结底不过是她从来没有爱过自己，不过也好，未来路上怕是不会太平，他又何必强人所难让她同行呢？毕竟，他最值得开心甚至有点小骄傲的是，他从来没有让眼前这张熟睡的脸上因他流过泪，甚至好几次她流泪的时候，他还陪在她的身边，怎么说呢，大概这就是优秀吧！真是个优秀的好朋友啊。他苦笑着摇了摇头，为她掖了掖毯子，捋了捋滑落的发丝，轻轻道：“兮兮，这次，我不带你走了啊。”章兮兮哼哼了两声，似乎什么也没有听见，他忍不住笑了笑，俯身轻轻吻了吻她的额头，然后起身叹了一口气，不敢再多想，转身犹豫了一会，没有再回头。

屋外下起了小雨，淅淅沥沥打在玻璃窗上，也打在了千篇一律的屋顶上，每一滴都落在了无尽的孤寂中，这孤寂里是陆续走散的芸芸众生。

尾　声

一年后。

夏漱石帮妈妈办完了出院手续，夏妈妈的脸上没有出院的愉悦，相反透着一股子不满，不远处杨星辰走来，她这才舒展了眉眼，跟着夏漱石聊起晚上吃什么，一边前往停车场，遇到了个把熟人，大家寒暄中总离不开夸赞她儿子媳妇般配又懂事，她十分满意。不远处有家新开的超市，杨星辰提议要去逛逛，撇下夏漱石，拉着夏妈妈的手道："他总是逛一会就没耐心了，还是妈妈陪我去吧，医生说你要多走走，就当运动了吧？"

夏妈妈善解人意地点点头，转头瞪了瞪夏漱石，夏漱石感激地看向杨星辰。杨星辰冲他扬了扬手机，夏漱石在他们走后不久，打开了杨星辰发给自己的信息和链接。

杨星辰说：你帮了我一次，我也帮你一次，人生总要尽力才是，哪怕结果不是自己想要的。

杨星辰转给夏漱石的链接，是章兮兮两天后举办新书签售会的消息。

林晓森已经是个小有所成的创业人士了，他每天用工作填充着自己的生活，最近终于开始相亲了，他开完会出来，看见助理，正想问她现在女孩子喜欢什么，他想给上次的相亲对象送个小礼物，毕竟互相都觉得不错。结果小助理却有点支支吾吾，问她怎么了？

对方有些不好意思地说："林总，我上学的时候就在追一个作家的小说，她过几天终于要开第一次签售会了，我想去看看要个签名，所以想请个假。"

林晓森看着她期待又胆怯的表情，心生羡慕，想青春真好啊，多问了一句："什么作家啊？写过些什么作品，我认识吗？"

助理一听请假能有着落了，面露喜色，一听林晓森问的问题，不好意思地笑了："那您肯定没看过，都是写的言情小说，给我们女孩子看的。"说罢她取出手机，调取到公众号上的信息，递给了林晓森道，"她叫章兮兮。"

林晓森顿了顿，接过她的手机看了看，目光停留在了地址上，随后还给了小助理，苦涩地笑了笑，道："那你去吧，希望那天人多一点，热闹一点。"

助理"嗯"了一声，连连道谢，欢天喜地离开。

何昭前往伦敦郊外的路上，车子抛锚，根据他对英国人做事的效率的理解，他只好转而搭乘了一辆公交车，赶往目的地。公交车上很空，有两三个游客模样的中国女孩子，脑袋靠在一起叽叽喳喳说着什么，难掩兴奋之情。何昭笔挺地坐着像是一个老东西，很难从他绅士的外表联想到他是个喜欢四两拨千斤爱开玩笑的人。突然他冷不丁地被人拍了拍，一回头，看见两个少女满眼期待地看着自己。他礼貌地笑着道："有什么需要我帮忙的？"

少女道："大叔，帮我投个票呗。"

虽然大叔这个词让他有些愣神，但好在没有叫他师傅，也算让人安慰，他取出手机道："好啊，怎么投？"

另一个少女激动地一把夺过他的手机，快速地扫码关注投票，一气呵成，然后就还给了他，道了声“谢谢”，随后两人到站下了车，还冲何昭挥挥手告别。

何昭笑着与她们挥手，看着窗外逐渐加快向后移动的景色，不由得感慨人生如车，有人上有人下，正如相遇和别离，他为自己这个比方感到自豪，忍不住又想 章兮兮“你看看我这才华，之所以不写书，就是为了给你留条生路”。想起章兮兮，他眼眶有些泛酸，不知道她过得怎么样了，还是不是那样不自知的天真又愚蠢，好像永远长不大似的，就是那个不管多大年纪都可以自然而然走着走着跳起来的姑娘，占据了他最深的记忆。

他打开手机追踪保险公司的进展，无意中调出了刚刚那个女孩投票的界面——本月最期待的签售会排名。他点击来看，一个当红明星的新书签售会的期待指数遥遥领先，他的界面显示已经投过票，显然刚刚两个少女是这个女明星的粉丝，他顺势滑到最低端，看见了倒数第一名的名字，忍不住立刻站了起来，引得司机立刻刹车，以为他坐过了站。他赶紧扶了扶椅子，稳住身子，拼命点击最后一名，但页面显示今日票数已用光，他忍不住念叨：“这俩孩子怎么把我的票都用光了呢?!”他进入最后一名的签售会介绍，看见了概述和照片，确认了那是一张他朝思暮想的脸，随后，他的视线落在了书名上——《你来了，就很好》。

薛一笙和居南川帮着章兮兮一起在书店的后院弄着刚拿到手的海报和亚克力板。居南川道：“你这只弄两三个宣传物料，完全没有气势，要我说，宣传就得砸钱啊，包上所有公交车站啊、商场的LED屏啊，每天不停地刷，你信不信，不认识你的人没两天都认识你了。我跟你说，我有钱……”

几人笑作一团，薛一笙道：“她就是打着签售会的名义，跟这么些年的读者们见个面，不是为了吸粉。”章兮兮对薛一笙一下子就抓住重点表示了赞赏，很快，薛一笙补了一句：“况且，到了她这个年纪，还火不了，大概率也不会火了，更吸不到什么粉了，别做无用功了。”

章兮兮哑然失笑，她与何昭合作的最后一本书，终于出版了，不出意料的是，大家仅仅是把这本书出版了而已，宣传力度堪称毫无，章兮兮本不在意，直到某天在书店闲逛，看见有读者翻她的书，跟旁边的朋友介绍说：“呀，这个作者写的第一本书我还买了呢，当时我刚认识我老公。”章兮兮突然觉得很满足，对于一个写作者来说，表达和回应是永恒的追求，而回应又分为物质的和非物质的，章兮兮在物质方面没有什么成就，之前也没有想过能在非物质的回应上有什么成果，如今听见这番话，顿时春暖花开，还有什么比这个更加“春天”呢。

她也不再签约给任何一家出版公司，因此也不会有人张罗着给她做什么签售会，她索性找到了这家店的老板，说明自己愿意自掏腰包付场地费，办一场签售会，老板同意了。她突然很想见见读过她书的那些人，她和书那边的人一样，有着有趣又起伏的小小过往，有着欲说还休的回忆，那些情节字句，或许在某一瞬间激起过悲欢的相通。她想见见他们，哪怕只有三五个，也是好的。

章兮兮的签售会当天，迎来了申城二十年不遇的台风，黄色风暴预警下全市停课停工，所有航班、高铁全部取消。整天的大雨就没停歇过，她站在书店里头，看着被暴风雨卷跑的海报和亚克力牌，给薛一笙和居南川打了个电话——“多亏了这场大暴雨，现在书店里的人，不是我的读者也跑不了啦，只能眼巴巴地等着我签售，你们就别赶来啦，场子太满啦，坐不下。”章兮兮站在落地窗前说完，一转身看见了面色尴尬的书店服务员，服务员赶紧打圆场说道：“那个，您不是租了三小时吗？这儿一个人也没有，要不这样，我给您冲杯咖啡吧？反正是免费的，您闲着也是闲着。”章兮兮礼貌道谢，那服务员火速离开这尴尬的场地，毕竟这偌大的书店此刻除了章兮兮外，空无一人，怎么不叫人尴尬？

店外一道闪电，随后便是滚滚雷声，雨点一波比一波大，劈头盖脸仿佛要把整个城市击穿，噼里啪啦一股脑儿砸在落地玻璃上。章兮兮站在落地玻璃前，看着雨帘中的街道，像是有人在哭，也像是有人在闹。王尔德说：悲怆是一道伤口，除了爱的手，别的手一碰就会流血，甚至爱的手碰了，也必定会流血，虽然不是因为疼。

爱，读得出最遥远的星辰上写了什么，却常常无法分辨眼前人的心意。她爱过、分开过、重逢过、努力过，最终释然的时候，她才真真正正感受到爱情降临之处，无人生还。如今爱这种东西，在她身边搁浅，这世界亦如眼前所见，色彩已经湮灭，徒留黑白。是不愿意再挣扎的最终放弃，还是天凉好个秋的看透，已无人想要追究，毕竟人生哪里来的那么多真相，又何需那么多真相呢？

在雨幕的深处，对面街角的一隅，突然出现了一个身影，他直奔书店而来，步履不停，既顾不上打伞也顾不上躲雨，身上早已湿透。章兮兮转身之际瞥见了那一幕，忍不住看了过去，心想这人应该有顶顶要紧的事情才会如此赶路，很快，那人越跑越近，章兮兮有些不敢相信，她直愣愣地看着那人由远及近，那人也看见了她在看自己，停住了脚步，隔着千千万万条雨帘，抹了一把湿透了的脸，冲她笑了笑，随后又往她跑来。

章兮兮的眼睛突然酸了起来，这些年的记忆一瞬间涌上心头，眼前如同蒙太奇一般闪过无数画面，那些画面都在很多个时间点里温暖过她，成了她人生的稀有宝石，闪闪发光。

她记得他骑着自行车冲她而来，绕了一圈还摸了摸她的头，她记得他骑车载着她穿过夏天的风，还有那个午后有青草味的亲吻，她记得他们在清晨街道上的拥抱，她记得他问自己还能不能重新开始……

她记得逼仄的屋子里氤氲的咖啡味，她记得他在她怀里放声大哭说自己放弃了，她记得他在月色下说我们很好，但是我们分开了……

她记得他带自己吃的很多顿火锅，她记得他总是把春天挂在嘴上说那惹人厌的样子，她记得遍体鳞伤的夜晚她泪流满面地被他拥在怀里说还有我，只是她分不清那个雨夜她喝醉在沙发上那突如其来的温柔的吻是不是个梦……

来人推门而入，仿佛提前带来了雨后的彩虹，让这个黑白的世界里充满了五颜六色的希望。他站在章兮兮面前，喘着粗气，衣服全部湿了，发梢全是水在不停地滴，眼睛还有点红，他说："我来晚了。"

章兮兮的眼泪控制不住地流了出来，她伸手摸了摸近在咫尺的再熟悉不过的那张脸，冰冷的脸让她知道这不是在梦中，对方的手覆盖在她抚摸自己的手上，带着不舍和歉意，道："对不起，我来晚了……"

章兮兮哭着哭着笑了，她摇了摇头："不必抱歉。"顿了顿，补充了这些年来对命运的肺腑之言，"你来了，就很好。"

番　外

当杨星辰坐在咖啡店的角落，手心全是汗，甚至端咖啡杯的手都控制不住地颤抖，她觉得太不真实了，明明是结婚度蜜月，谁能想到竟然走出了这样的剧情走向？堪称跌宕起伏。她通过朋友的关系打听到，她最爱的那个人——曹木森，今天就在这里相亲，她的目的不仅仅是阻止这场相亲，还要赌一把这个人，赌他跟自己一样，还爱着彼此，并且不介意自己有过一段婚姻，会选择重新和自己在一起，去面对当年无法跨越的困难和鸿沟。而在另一个角落里坐着的正是夏漱石，此刻他看着一本杂志有点昏昏欲睡，完全不像个“主谋”。

咖啡馆门口的风铃声响，曹木森穿着他常穿的灰色的卫衣走到了一张桌子旁边，点了咖啡，丝毫没有注意到角落里的杨星辰，然后低头发微信。突然间他感觉到了有人走了过来，带着堪称职业性的微笑，立刻起身伸出手，说：“你好……”然后他就此愣住，杨星辰直愣愣地坐在了他的对面。

“你……你度蜜月回来了?”曹木森本能地问道。

杨星辰听见他这么问，悬着的心落了一半，心中明白他若不是还在乎自己，怎么会关心自己的行踪？所以她复杂地点了点头“嗯”了一声。

“我……我在等一个朋友。”曹木森接着解释道，带着些为难的表情。

“我知道，你在相亲，但是她今天不会来了。”杨星辰有些心虚又有些急切地说道。

曹木森露出不可置信和奇怪的表情，有些紧张地反问：“你……你要干吗？你都结婚了，还不许我相亲吗？是你先结婚的，我一直觉得我们只是吵吵架冷战而已……没想到你，算了，你反正已经结婚了，但是你怎么能把我相亲对象给赶走了呢？你赔得起吗？”曹木森有些结巴，又有些混乱，用力掩饰着自己的内心情绪。

杨星辰突然哭了，眼泪止不住地流着，曹木森也慌了，起身给她擦眼泪还打翻了咖啡杯，笨手笨脚的样子和当初别无二致，杨星辰一把握着他的手道：“我错了，我不该为了和你赌气去结婚，我所做的一切都是为了气你，我对不起你。”曹木森也愣住了，他万万没想到杨星辰会这样说，两个人相处这些年来，这个小丫头可从来没有低头说一个错字，这会儿说这个话让他又惊又吓，忍不住赶紧赔礼道：“是我当初没有处理好和家里人的关系，错的是我，不是你。”两人抬头看着对方。爱情总是有这样的魔力，好像一句认错，就能跨越千山万水，驱散重重迷雾。可是这样的认错，往往要等到千回百转之后。

“我已经离婚了，你能接受这样的我吗？你家人可以接受吗？”杨星辰泪流满面地说，然后拿出了离婚证。

曹木森不可置信地看着这本绿色的本子，又吃惊地抬头看她，想说很多话，但是话到嘴边，他都不知道要说哪一句，猛地俯身下来，吻了下去，吻了没两秒，就觉得旁边有人，一侧头，看见了夏漱石手插在口袋里，看着这两人，两人吓了一跳，赶紧分开。杨星辰不好意思地介绍道：“这位是我前夫。”

曹木森愣了愣，不知道对方是什么路数，是不是要来打自己一顿，但是一看桌上还放着离婚证，又有了些底气，但是依旧很客气地说道：“我爱她，一直一直都爱着她。”

夏漱石笑了，杨星辰也笑了，两人突然间拥抱了一下，让曹木森看得目瞪口呆，夏漱石伸出手来，对曹木森道：“别误会，我很为杨星辰高兴，能够有这样的勇气回到你身边。如今的婚姻不再是为了生存而存在，如果不是因为对方是最爱的人，为什么要踏入婚姻呢？祝福你们，这一次，要牢记你们深爱着彼此，不要再错过，一定、一定要在一起啊。”

曹木森木然地点点头，反应过来后，紧紧地握住了夏漱石的手道：“那个，谢谢你啊，那个，你有没有什么经济损失，我都赔给你。”

“经济损失，都不算是损失，你们安心在一起吧，比什么都好。”夏漱石再次与曹木森握了握手，冲杨星辰挥手再见，转身离开。他觉得或许他也有希望。

后 记

这是我出的第五本作品了，一直以来，从未在正文的前后写点什么给过看这本书的您。眼下，是2021年9月9日，我拖着疲惫的身子刚刚从公司加班回来，吃完了速冻水饺，打开已经完稿很久的文档，应我那可爱的编辑们的建议，做一点微调。

看见曾经的文字，前所未有地放松，忍不住回想了一下想动笔的那一瞬间。那是一个阴霾的冬天的早上，我裹着大衣抱着一本书，抖抖索索地穿过伦敦还未苏醒的街道，在街角的越南米粉店嗦一碗粉，一边看着那本《小丑的流浪——费里尼自传》打发时间，看到记者采访功成名就后的费里尼与妻子的感情，他用了四个字来形容他们的关系——一起长大。巨大的温柔扑面而来，使得窗外掉光叶子的树都可人起来。那一瞬间，此书中的人物一下子活动了起来，我想写一写他们的故事——他们相爱、他们分离，但是他们一起长大。

人如树，一圈圈的年轮构成了一棵树，每一圈的年轮总是独特的，见到的人、经历的事，最终构成了我们自己。读这本书的你，多大年纪了？和你一起长大的人还在你身边吗？你们最孤独的时候又是怎么度过的呢？虽然无法直接对话，我写下这些问题，到你们看见并回复，时光又一次荏苒，但我不知道能不能给你一点点勇气。这几年的光阴里，我陷入了巨大的迷茫和低谷，仿佛是要在放满大米的缸里，寻找一粒小米，找不到尽头，然后不断地责怪自己，害怕被人看见最脆弱的一面，总是想起小时候妈妈说要勇敢，于是勇敢成了一种条件反射，有点儿辛苦。

因为生活中的自己喜欢跟文字有关的一切，常常被冠以文艺的标签，某一段时间里，我努力学习着所谓接地气的待人接物的方法，总是画虎不成反类犬，闹了不少笑话，让人尴尬。经过一棵树的时候，给它取了个名字后，发现自己大概除了文艺这个标签，已经一无所有。前几天和前辈吃饭喝多了，对方宽慰另外一个晚辈：得意是一时的，失意也一样的。我却得到了启发，酒醒后依旧觉得有道理，想着借此机会，将这句话与诸君共勉，难过、落寞、迷茫甚至伤心，都是暂时的，伤疤结痂的好处就是会忘记痛，所以总有希望，毕竟希望也是一时的……好了，逗大家乐一乐。

书中的男主叫夏漱石，很显然是夏目漱石的缩写，用这样的缩写当然是我的学生时代十分迷恋他，书中还提到凡·高、莎士比亚、博尔赫斯、卡尔维诺以及等等，当然也是我都爱过的人……从学生时代起，对他们的爱就无法得到回应，曾经一度觉得自己爱人的能力因此非常有问题，有时候又会很遗憾，毕竟这样的爱，没有解决办法。直到写这本书的时候，当里头的人走到一些节点的时候，那些爱着或者爱过的作家们作品中的文字片段，会不自知地流出来，仿佛敲打键盘的不是我自己，而是几百甚至千年前的他们，我想或许这就是最好的回应了，那一刻，我感到前所未有的幸福和满足，我认为它们是命运给我的温柔的眷顾。

故事写完了，提前看过稿子的朋友，会问我最后推门而入的人是谁？我认真想了想，答案是我不知道。正如序言中猫腻所说，他来了，幸福就来了。如果十年后，我还会再版这本书，我想我应该会有答案了，命运如果可以安排数百上千年的人给我回应，自然也会安排这个时空的回应，给我，也给你。如果十年后，这本书不会再版，但是你还会翻看它，或许你也不需要我的答案了。十年生死两茫茫，不思量，自难忘。记得对方小轩窗，正梳妆已然足够，那瞬间已然万古长青了。

写完这篇后记的时候，上海正好迎来了一场台风，所有航班、高铁都取消了，有多少相约相见的人因此没有见上？没关系，愿你们都有来日方长。

在这个狂风大作的雨夜里，又一次想起《万叶集》里的那首诗歌——

隐约雷鸣、阴霾天空，但盼风雨来、能留你在此；
隐约雷鸣、阴霾天空，即使无风雨，我亦留此处。

书的那边的你，有没有为谁留下过，又或者为谁风雨兼程过？都很美好吧？愿你的每一次赴约，都是因为真心，毕竟这是世上最奢侈的东西，希望它能遇到让它加速跳动的人，毕竟，他/她来了，就很好。

三月

2021.9.14 上海 黄浦

图书在版编目（CIP）数据

你来了，就很好 / 连三月著. -- 北京：作家出版社，2025. 1. -- ISBN 978-7-5212-3133-5

Ⅰ. I227

中国国家版本馆CIP数据核字第2024Q9C427号

你来了，就很好

作　　者： 连三月
责任编辑： 丁文梅　朱莲莲
封面设计： 贾　莹
出版发行： 作家出版社有限公司
社　　址： 北京农展馆南里10号　　**邮　　编：** 100125
电话传真： 86-10-65067186（发行中心）
86-10-65004079（总编室）
E-mail:zuojia@zuojia.net.cn
http://www.zuojiachubanshe.com
印　　刷： 河北星强印刷有限公司
成品尺寸： 155×220
字　　数： 151千
印　　张： 11.5
版　　次： 2025年1月第1版
印　　次： 2025年1月第1次印刷
ISBN　978-7-5212-3133-5
定　　价： 65.00元
